光文社文庫

文庫書下ろし

奇譚の街
須美ちゃんは名探偵!?

浅見光彦シリーズ番外

内田康夫財団事務局

光　文　社

この作品は光文社文庫のために書下ろされました。

目次

プロローグ

「死神がきたぞ」

朝、四年二組の教室のドアを開けると、意地悪な岡田《おかだ》の声が聞こえた。

黒板にはぼくの名前が大きく書いてあって、その隣にはもっと大きな字で「死神」と書かれていた。

三年生のときに習った漢字。でもそれより早く、ゲームの敵キャラで覚えていた「死神」という文字は、白いチョークで書かれているせいか、骨のようにも見えた。

「嘘つき死神」

いつも岡田の手下みたいにしている青山《あおやま》が、笑いながら言った。

「今度はそのカマで何を切るんだよ死神。ほら、お前も死神って言えよ」

岡田はそう言って、小柳《こやなぎ》くんの背中を叩いた。

「……し、死神……」

目をそらしたまま、小柳くんもその言葉を口にした。

「ぼくは死神なんかじゃない……」

言い返したつもりだったけど、「なんだよ聞こえないぞ。黙ってないで、なんか言えよ、死神」と、岡田と仲のいい志水《しみず》も馬鹿にしたように言った。

違う、違う、違う……。

拳を握りしめて、何度も繰り返したはずだけど、それは声にはならず、ぼくの頭の中に響いただけだった。

「しーにがみ！」

「しーにがみ！」

クラスメイトの大合唱から逃げるように、ぼくは教室を飛び出した——。

第一章　空飛ぶハサミ

1

シンクの上の窓から差し込む光を受け、整列した白い食器たちが輝いている。

「さてと、お昼の片付けも終わったし、少し早いけどお買い物にいこうかな」

吉田須美子《よしだすみこ》は最後の皿を水切りカゴに並べると、手を拭きながら、首を軽くストレッチした。

「須美ちゃん、お疲れさま」

若奥様の浅見和子《あさみかずこ》がキッチンにやってきて、食器棚から萩焼の湯飲みを手にした。

「あ、大奥様のお茶でしたらわたしが――」

浅見家は明治時代から代々続く官僚の家系で、このあたりでは知らぬ者はいない名家だ。

現在は警察庁刑事局長を務める浅見陽一郎《よういちろう》が家長で、和子夫人と二人の子ども――高校一年の智美《さとみ》と中学二年の雅人《まさと》、それから陽一郎の母親である大奥様の雪江《ゆきえ》、そして陽一郎の弟の光彦《みつひこ》が同居している。

「いいのよ。わたしも飲もうと思っていたところなの。須美ちゃんも一緒にいかが？」

和子はそう言って、須美子の湯飲みにも手を伸ばそうとする。

「ありがとうございます。でもわたし、天気が悪くならないうちに、お買い物に行って参ります」

六月に入ってからというもの、すっきりしない空模様が続き、毎日の買い物は雨間《あまま》を縫って出掛けることが多い。

「そう？　じゃあお願いね」

和子はエプロンをはずした須美子に、「いってらっしゃい」と花がほころぶような笑顔を向けた。才色兼備を絵に描いたような和子夫人の美しい立ち居振る舞いは、須美子の憧れでもある。

「はい、行って参ります」

須美子はエコバッグとポシェットを手に、ぺこりとお辞儀をして裏口へと向かった。

高校を卒業してすぐ、須美子は新潟《にいがた》県長岡《ながおか》市の片田舎から住み込みのお手伝いとして、東京・北区にある浅見家にやってきた。前任のばあやだった村山《むらやま》キヨと入れ替わりでこの家にきて九年になる。最近では家事全般、特に食事に関しては献立から任せてもらえるようになり、和子や雪江の信頼も厚い。

当初は、生まれ故郷を離れて東京での住み込み、しかも格式高い家でのお手伝いなど、自分に務まるだろうかと不安に思ったこともあった。だが、浅見家は須美子にとってきわめて水が合う職場であったし、全員が須美子に、まるで家族のように接してくれる。

おまけに、世間で「働き方改革」が話題になれば、普段は前時代的な雪江が率先して、須美子の労働条件について夕食の議題にあげた。給仕をしていた須美子がどんなに恐縮して固辞しようとしても、「土日はお休みなんですから、家のことを何もしなくていいのよ」とか、「一日八時間以上は働かないようにね」などと気を遣ってくれる始末だ。

実際のところ、自分の分のついでですから――と言って、土日も浅見家の昼ご飯の準備をしてしまっている。それに、一日八時間というのも、きっちりと計っているわけではないが、なんだかんだで超えてしまっているだろう。どちらも好きでやっていることであり、須美子自身、そのほうが気持ち的に楽なのだ。

だが、そのことを雪江に伝えても、いつも話は平行線をたどる。最終的には須美子の頑迷さに白旗をあげた雪江が、「分かったわ。須美ちゃんの好きになさい」と諦めて落ち着く。ただし雪江も、「でも無理はいけませんよ。せめて、お買い物ついでに花春《はなはる》さんのところに寄らせてもらうとか、息抜きもしっかりしてちょうだいね」と念を押すことを忘れない。

花春というのは近くの商店街にある生花店で、雪江のこの言葉にだけは須美子も素直に甘えさせてもらっている。今日も雪江の生け花用の花材を買って帰る予定なので、忙しそうでなければ、少しお邪魔させてもらおうと考えていた。

空は灰色の雲の割合が増していた。

先ほどまでは時々顔を覗かせていた太陽も、今日はもう出てこられそうにない。須美子は少し早足で商店街へと向かった。

浅見家は東京都北区西ケ原《にしがはら》という街にある。数分も歩けば大通りに出てバスや地下鉄にも乗れる便利な場所だ。近隣にはスーパーマーケットがいくつかあり、そこでほとんどのものを揃えることができるのだが、須美子は先代のキヨから教えられたとおり、昔からお付き合いのある商店を回って、買い物をするのが習慣になっている。

東京ゲーテ記念館のある通りから西ケ原商店街に入る。豊島区の染井《そめい》銀座商店街、そして再び北区の霜降《しもふり》銀座商店街と繋がる道が、須美子の日々の買い物コースだ。どこも昔ながらの商店街で、呉服、かばん、青果、惣菜……等々、色とりどり、香りもさまざまな品々が五感を楽しませてくれる。雪江は心配してくれるが、仕事とはいえ、毎日の買い物自体が須美子にとって、気分転換にもなっているのだ。

「お、須美子ちゃん！　合い挽きが安いよー。ハンバーグにどうだい？」

店先からなじみの店主に声をかけられ、須美子は今晩の献立を考えた。

「ハンバーグか、最近、お出ししていないわね。……あ、でも今晩は坊っちゃまがいらっしゃらないんだったわ――」

坊っちゃまといっても、陽一郎の息子で中学生の「雅人坊っちゃま」のことではなく、三十三歳になる「光彦坊っちゃま」のほうだ。

カレーにラーメン、ハンバーグが好物の光彦は、フリーのルポライターを生業としていて、三日前から長崎へ取材に出掛けている。須美子より六つ年上なのだが、須美子はキヨから教わったとおりに光彦のことを「坊っちゃま」と呼び続けている。

本人からは「三十三にもなって『坊っちゃま』はないだろう、頼むからやめてくれよ」とたびたび申し入れがあるが、ではなんと呼べば良いのか困ってしまう。「光彦さん」だなんて、恥ずかしくて呼べそうにない。だから誰がなんと言おうと、須美子にとって「光彦坊っちゃま」は、いつまでも「坊っちゃま」なのである。

その光彦が留守の間に好物のハンバーグを出すのは、なんだか気が引ける。それに、長崎から戻ってきてから、また言い当てられそうな気がする。

以前、光彦がやはり取材旅行で出掛けているときにハンバーグを出したことがあったのだが、帰宅してキッチンにやってくるなり、「昨日の夕食はハンバーグだったね」と、言われたことがある。どうしてお分かりになったんですかと訊ねたら、「須美ちゃんの口元にデミグラスソースがついているからだよ」と言われた。慌てて口元に手をやってから、からかわれていることに気がついた。

では、どうして分かったのか不思議だった。キッチンに香りが残っているだろうか、ハンバーグの際に使ったお皿をしまい忘れていただろうかと確認したが、さっぱり分からない。答えを乞うと、「前回のハンバーグから逆算して、そろそろ出る気がしたのと、昨日は二十九日で『ニク』の日だったから精肉店で勧められたんじゃないかと思ってね」——とのことだった。なんのことはない、単なる勘と思いつきだったらしい。

その後、「でも、当たっちゃったのか……」と、光彦が残念そうにしかめた顔を思い出し、思わず笑みがこぼれた。

須美子は口元が緩んだまま、「ごめんなさい、ハンバーグはまた今度にします」と精肉店の店主に断りを言った。

「あいよ、またよろしくね！」

笑顔でうなずいてみせてから、須美子は商店街を進んだ。

「坊っちゃま、今頃はどのあたりにいらっしゃるのかしら……」

光彦の今回の仕事は「旅と歴史」という雑誌のルポルタージュだ。「オランダ商館と出島について書こうと思っているんだ」と、子どものように目を輝かせて出掛けていった。

（……余計な事件に遭遇してなければいいけど……）

須美子は相変わらず薄いカーテンのように光を遮る、灰色の空を見上げた。

光彦は取材先で妙な事件に首を突っ込みたがる悪い癖があり、探偵のようなことを趣味にしている。しかしこれは浅見家では禁忌も禁忌。「警察の長たる陽一郎さんに迷惑がかかったらどうするのです！」と、大奥様の雪江は、光彦の悪癖が出ると、賢兄の長男に累が及ぶのではないかとピリピリする。それで浅見家では「探偵」とか「事件」という単語は禁句になっているのだ。

「須美ちゃん、木曜日は春ゴボウがお買い得だよ！　合い挽き肉でゴボウ巻きなんてどうだい！」

不意に右側の店から声が飛んできて、須美子は足を止めた。野菜を買うのはいつもこの青果店だ。

「あれ、昨日は『水曜日は春ゴボウがお得だよ』って言ってませんでしたっけ？」

「はははは、うちはいつでもお買い得なんだよ」

「もう、うまいこと言って。でもゴボウ巻きか……うん、いいわね！　じゃあ、ゴボウと人参とインゲン、それから付け合わせにするほうれん草とトウモロコシをお願いします」

店主は心得たもので、「あいよ！　須美ちゃん、量はこれくらいでいいかい」と、それぞれ浅見家の人数分に適した量をまとめてくれた。

「ありがとうございます」

「こちらこそ毎度ー。またお願いねー」

須美子は店主に見送られて、商店街の先へと足を進めた。

「さて、お肉は帰りに買うとして、先に大奥様の生け花用の生花を買いに行こう」

そう考えたときだった。

十メートルほど先の電器店からうつむいて出てきた男性と、何かを探しているのか、きょろきょろしながら歩いている女性とが出会い頭にぶつかるのが見えた。

「あっ！」

須美子は咄嗟《とっさ》に駆け寄ろうとしたが、二人とも肩から掛けていたバッグをその場に落としたものの、咄嗟に拾い上げてすぐに体勢を立て直した。

女性のほうは「すみません！」と勢いよく髪を揺らしてお辞儀をし、男性のほうも申し訳なさそうに頭を下げて、それぞれ別の方向へと去って行った。

どちらも二十代前半くらいだろうか、須美子よりいくらか若い印象を受けた。

「二人とも怪我をしなかったみたいでよかったわね……あら？」

須美子は二人がぶつかった辺りまで来て、足元に落ちていたメモを拾い上げた。

「何かしら？」

二つに折られた手のひら大の紙に、几帳面な筆跡で八つの文字が並んでいる。

〔牛蒡モチ　下瀬三平〕

須美子は買い物バッグから飛び出しているゴボウを見て首を傾げる。

「あ……」

先ほどの二人のどちらかが落とした物ではないかと思った須美子は、慌てて視線をさまよわせ、二人の姿を辺りに求めた。女性のほうは目立つ柄のトートバッグを持っていたはずだ。

（たしかオレンジ色の――）

そう考えながら商店街を歩く人々に目を向けるが、どこかのお店に入ってしまったのか、見当たらない。一方、左を見ると、路地を入っていった男性の後ろ姿が、今まさに次の角を曲がろうとしているところだった。黒い長袖のTシャツ、身長は須美子より十センチくらい高い。

（あの人だ）

メモを握ったまま須美子は駆け出した。

角を曲がったところで、少し先に見える背中に「あの！」と呼びかける。

反応はなかった。

須美子は早足で近づきながらメモをみて、今度は「落としものですよ！」と声をかける。

だが、男性は須美子の声を無視して、すたすたと早足で先へ行ってしまう。

「これ、あなたが落としたものでは？」

再度、背後から呼びかけるが反応がない。

不思議に思いながら、斜め後ろから男性の横顔を覗き込むと、ワイヤレスのイヤホンを付けているのに気がついた。須美子は半歩前に出て、うつむき加減で歩いていた男性の肩を叩く。男性は驚いたように歩を緩めると、無言で片方のイヤホンを外す。

「あの、これ……」

須美子がメモを差し出すと、男性は訝しげに顔を近づけて首をひねってから、「牛蒡《ごぼう》モチなんて知りませんけど……なんですかこれ？」と眉根を寄せる。

「あっ」

須美子はイヤホンを外す前までの呼びかけが聞こえていなかったことに気づいた。男性の反応からして違うようだとは思ったが一応、「先ほど、このメモを落としませんでしたか？」と、あらためて訊ねてみた。

「僕じゃないですけど」

くぐもった低い声が陰気な印象を与え、ぼさぼさの髪の隙間からじろりと視線を向けられて、須美子はつい目をそらしてしまった。

「……すみません。人違いでした！」

無言でイヤホンを耳に突っ込むと、男性はまた歩き出した。ぺこりと頭を下げたままその背中を見送り、須美子は我知らず冷や汗が出た。

「女性のほうだったのね……」

須美子は急いで商店街通りへと戻った。辺りの店の中を確認しながら、奥へと足早に進んでいくが、ついには目的の女性を見つけられないまま、「しもふり」と書かれたアーチのある霜降銀座商店街の端まで来てしまった。

ここまで来て見つからないのなら、一旦、諦めるしかないか——と、須美子は肩を落とすと同時に、鼻から大きくため息を吐いた。

2

「こんにちは」

須美子が花春に入ると、そこに店主の小松原育代《こまつばらいくよ》の姿はなく、代わりに奥のテーブルに日下部亘《くさかべわたる》がのんびりと寛いでいた。

日下部は髭と帽子の似合う紳士で、現在は常勤の教授を引退して大学の講師を務めている。そして須美子が縁を取り持った育代の交際相手でもある。

「やあ、いらっしゃい、須美子さん。いま、育代さんもお茶を入れて戻ってくるから、一緒にいかがです」

他にお客はいないようで、日下部は勝手知ったる我が家のように須美子を招き、自分の向かいの席を勧めた。

日下部はたしか六十過ぎ、育代ももうすぐ還暦だ。

花春は浅見家御用達の生花店で、大奥様である雪江のお使いで何度も訪れるうちに、自然と育代とは仲がよくなった。そして、須美子が二人の恋のキューピッドになったことにより、日下部とも親しくなった。須美子とは三十歳以上も年の離れた二人だが、若い須美子と百年の知己のように付き合ってくれている。

時折、買い物のついでに、この花春で育代とお茶を飲みながら話をするのが須美子にとっての休息の時間で、親子ほども年が離れているが気のおけない仲なのである。

「じゃあ、ちょっとだけお邪魔します」

「お買い物は済みましたか？」と問う日下部の前には、テーブルの上にきれいにラッピングされた花束が置かれている。

「あとで育代さんに生花をお願いして、帰りにお肉を買うだけです。日下部さんは……花屋の育代さんにお花のプレゼントですか？」

須美子が冗談っぽく言うと、日下部も「ははは、昔、そんな外国映画がありましたな。花屋の彼女にプレゼント用なんだと花束を作ってもらって、『これ、君に』——と格好良く差し出すんでしたかな」と乗ってきた。

「本当はどなたになんですか？」

「ああ、学生時代の友人の見舞いなんですよ」

「え……ご病気ですか？」

日下部の返答に須美子は心配そうに眉根を寄せた。

「いえ、ただの骨折です。先日、脚立から落ちてしまったらしくてね、たいしたことはありません」

「骨折なんてたいへんじゃないですか！」

「まあ、それでも命に別状はなかったんですからな。悪運の強いやつなんですよ。年甲斐もなくそんなものに登るからだって、仲間うちでは笑い話になっていますよ」

日下部が明るく話すので、須美子は少し安心した。

「これからお見舞いに？」

「ええ。ですが、その前に――」

「須美ちゃん。待ってたのよ！」

日下部が次の言葉を発しようとするのを妨げるかのように声が響いて、育代が奥の居住スペースから顔を出した。

「育代さん、お邪魔してます」

「いらっしゃい」

育代はお盆を捧げ持ったままパタパタと駆け寄って来た。須美子と日下部の話す声が聞こえていたらしく、ちゃんと須美子の分のお茶もお盆に載っている。

「待ってたって、何かご用でしたか？」

「例のアレよ、須美ちゃんに一緒に聞いて欲しかったのよ。はい、どうぞ」

テーブルの上にお茶を置くと、須美子の左に少し椅子をよせて育代が座る。

「ありがとうございます。えーと、アレ……というのは？」

須美子は視界の片隅で、日下部が笑っているのに気づいた。

「あ、都市伝説ですか？」

「それよ！」

そう言って育代は、ぱしっと自分の頬に両手を当てる。

なるほど、そういうことか——と須美子は合点がいった。

日下部はフィールドワークの一環として、現代の都市伝説を調査しており、以前にもこうして三人でここに揃ったとき、この近所で最近、噂になっている都市伝説の話を日下部から聞いたことがあった。

そのときの話が、怖がりの育代には恐怖体験としてすっかり染みついているらしく、今回も一人では怖くてとても聞けないと、須美子が来るのを待っていたのだそうだ。

「それでは、早速――」

日下部は一つ咳払いをする。

「あ、ちょっと待ってください。育代さん、聞こえてます？」

須美子は育代の顔を覗き込み、自分の耳を指さして合図を送る。いつの間にか頬に手を当てていた育代の指先が、耳の穴を塞いでいた。育代は「あっ」と口を開いて、すでに小さく震えている両手を耳からはずすと、胸の前で組んだ。

（そんなに怖いなら、聞かなければいいと思うんだけど――）

そのことが不思議でならない。育代にも直接言ったこともあるのだが、「都市伝説を聞かないと呪われるっていう都市伝説があるかもしれないでしょう」と、訳の分からない答えが返ってきた。

「よろしいですかな」

日下部はいくらかトーンを下げて、おもむろに話し始めた。

「このあいだ、健太《けんた》君から聞いた話なのですが――」

「あら、健太君なの」

育代はその名前を聞いて、嬉しそうな表情を浮かべる。

健太というのは木村《きむら》健太という八歳の少年のことだ。この店にもよく遊びに来る近所の小学二年生で、以前、健太たちの抱える問題を須美子が解決したことがあった縁で、それ以来、育代とも日下部とも親しい。

「ええ、健太君が教えてくれたのが『空飛ぶハサミ』の噂です」

「ハサミが空を飛ぶの？　ほうきや絨毯《じゅうたん》みたいに？　あらまあ、魔法使いのお話みたいね」

育代は少しほっとしたように息を吐き、日下部の話の続きを待つ姿勢になった。

日下部は、また一つ咳払いをして、話の先を続けた。

「ことの始まりは、あるマンションのエントランス前にあった、プラスチック製の鎖が壊れていたことなのです。進入禁止とか、遊園地の行列整理に使われている黄色や白の鎖です。ポールに引っかけて使うのですが、お分かりになりますかな？」

「はい。ホームセンターで売られているのを見たことがあります」

須美子がそう答える横で育代もうなずく。

「その鎖がちぎれていて、発見した小学生によると、その子の身長の半分もあるような大型のハサミが、ギラリと怪しくも美しい光を放ちながら、近くに落ちていたそうなのです」

「………」

わざとそうしているのだろう、日下部の深刻そうな声音に、育代の顔がゆがむ。

「その数日後、今度はそのマンションの近所に住んでいたシンヤくんという男の子が飼っている、犬の鎖が切られる事件がありました。シンヤくんは、大きなハサミが宙に浮いているのを二階の窓から見たというのです」

少しずつ話の内容が怪談の様相を呈してくるにつれ、育代が椅子を動かし、どんどん須美子に近づいてくる。

「さらに翌日には、近所に住む別の男の子の自転車のチェーンが切られる事件がありました。やはりその子もまた、巨大なハサミが宙に浮いているのを見たというのです」

育代の顔は、みるみる青ざめてゆく。もう肩がくっつくぐらいの距離で、ごくりと唾を呑む音も聞こえる。

須美子はいつ育代が悲鳴を上げてもいいように、いつでも耳を塞げるよう心の準備をし、日下部の話の続きを待った。

「滝野川《たきのがわ》小学校の校区内で続く、『鎖』が切られる事件。子どもたちの間では、最初のプラスチックの鎖のときの大きなハサミが、動き出したのではないかと言われています。そして、犬の鎖、自転車の鎖を切り、いまもどこかを飛んでいて、次にチョキンとされるのは——」

日下部はそこで一つ間を空けると、突然、身を乗り出すように「人間の首です！」と言った。

「キャー！」

耳元で響いた育代の悲鳴は、須美子の想定を遥かに上回るボリュームであった。しかも今日はそれに加えて、左の二の腕をがっちりとホールドされてしまい、耳を塞ぐことができなかった。おまけにしがみついた須美子の腕をまるで雑巾でも絞るようにぎゅうぎゅうと力一杯ひねるのだ。

「い、育代さん、落ち着いてください。……い、痛いです」

須美子がどんなに必死に引き剝がそうとしても、育代が力を緩める気配はない。

日下部はのんきなもので、「——とまあ、そういった都市伝説なんです」と、落ち着いた様子で話を締めくくり、お茶を一口飲んでから、育代に声をかけた。

「育代さん、終わりです。須美子さんの細腕が悲鳴を上げていますよ」

日下部がポンポンと肩を叩くと、ようやく育代もハッとして、「ごめんね、須美ちゃん。痛かったでしょう」と腕をそっと撫でた。

「だ、大丈夫です」

須美子は苦笑するほかなかったが、育代の怖がりかたは国宝級だなと、あらためて感心した。

「ああ、怖かった」

育代は自分の首が繋がっているかを確認しながら、「お店の中にハサミが入ってきたらどうしよう」と立ち上がる。

「ははは、大丈夫ですよ」

日下部は、窓から外を心配そうに見つめる育代に声をかけた。

「……もしかして日下部さん、このお話って、すでに空飛ぶハサミの正体が判明しているんじゃありませんか？」

須美子が言うと、日下部は「ほう」と口を丸くした。

「え、どういうこと？」と育代が席に戻ってきた。

「日下部さんの様子からなんとなくそんな気がして……」

「そうなんですか、日下部さん？」

育代が顔を近づけて問いただすと、上体を反らしながら日下部は「ええ。実はそのとおりなんです――」と認めた。

「……………」

「……………」

だが、須美子と育代がいくら説明を待っても、日下部は微笑を浮かべたまま次の言葉を発しようとしない。どうやら、種を明かす気はないようだ。

須美子は嫌な予感がした。

「……あ、日下部さんのその反応！　名探偵に挑戦ということね。いいわ。さあ須美ちゃん、今こそ名探偵の細腕を見せびらかすのよ。この話の正体とやらを見破ってちょうだい」

育代がふっくらした腕を組んで自信たっぷりに告げたあと、「……あ、違ったわ。名探偵の腕の見せどころよ！」と言い直した。

須美子は頭を抱えた。案の定、心配していた流れになってしまった。

「もう、いつも言ってますけど、わたしは名探偵なんかじゃありませんから！」

これまでに、身の回りで起きた些細な疑問を解決に導いた須美子を、育代はすっかり名探偵だと思い込んでいる節がある。育代の思い込みはこれまた天下一品で、何度訂正しても考えを改めようとはしてくれないのである。

日下部も腕を組んで、お手並み拝見といった顔をしている。

須美子は仕方なく、一つため息をついてから顎に人差し指を当て考えはじめた。

3

「うーん、これまでの話の中に真相に辿《たど》り着くための条件は揃っているということですよね」

須美子は強調して訊ねた。

「そう……ですな」

日下部の左の眉がピクリと動いた。

「……なるほど。えーと、日下部さんは、最初のプラスチックの鎖は、切られたではなく、たしか『ちぎれた』っておっしゃいましたよね」

「ええ」

「もしかしたら、近くには、その鎖を設置するための可動式のポールが倒れていたんじゃありませんか？」

「ほう、さすがですな。そのとおりです」

「なるほど」

須美子が顎に人差し指を当て二度、三度とうなずく。育代が不思議そうに「え、どういうこと？　須美ちゃん、何か分かったの？」とテーブルに身を乗り出すと、お茶がこぼれそうになった。

「自信はありませんけど、たとえばこんなのはどうでしょう。そもそもこの物語は、一、一件目の事故があったからこそできあがった話である」

「え？」

育代の目が点になったが、須美子は続けた。

「そして、おそらく二件目はうっかりミス、三件目は利害の一致による自作自演だった」

最後に須美子は「どうでしょうか？」といったふうに、日下部に視線を送る。

数秒ほどの間があったのち、日下部は口を開いた。

「……驚きましたな。まさか本当に当たってしまうとは。大正解ですよ」

「え、え？　どういうことなの。わたしにも分かるように説明してちょうだい」

育代は日下部と須美子を交互に見ては、口惜しそうに両の拳をぶんぶんと振る。

「半分以上、わたしの勝手な想像ですが」と前置きしてから、須美子は続けた。

「一件目の話は鎖が切れたではなくちぎれたって日下部さんがおっしゃったことから、『空飛ぶハサミ』に関係があるのは厳密には二件目と、三件目だけだと思ったんです。一件目の大きなハサミがそのあと飛んでいって、二件目と三件目が行われたという話になっていますが、一件目でハサミが飛んでいるところは目撃されていません。つまり、そもそも一件目だけ仲間はずれなんです。そこで、『空飛ぶハサミ』の話のそもそものきっかけは、二件目の犬の鎖が切られた事件に起因するのだと考えました」

日下部の反応を確認しながら、須美子は続けた。

「――わたしの思い描いたストーリーはこうです。ある日、犬の散歩から帰ったシンヤくんが、庭で飼っている犬の鎖をうっかりつなぎ忘れてしまった。翌朝、犬がいないことに気づいたシンヤくんは、このままでは両親に叱られると青くなります。そのとき、昨日、近くのマンションの入り口で見た、ちぎれたプラスチックの鎖と、大きなハサミのことを思い出し、咄嗟に浮かんだ嘘を口にします。『二階の窓から大きなハサミが宙に浮いているのを見た。あのハサミが犬の鎖を切っちゃったんだ』と。もちろん、大人であるご両親は、そんな嘘を信じたりはしなかったと思います。でも、自分から本当のことを話させようと、しばらく時間をおいたのではないでしょうか。とにかく犬を探してらっしゃい――と。しかし、シンヤくんが仲の良いお友だちに相談した結果、間違った道に進んでしまった」

「相談って、一緒に犬を探してほしいってことじゃないの？　それくらいは間違ったことじゃないと思うけど」

「いえ、そうではありません。そのお友だちは自分の自転車のチェーンを切って、自分も『空飛ぶハサミ』を見たと証言したんです。そしてさらに、その噂を学校で広めることで、外堀を埋めようとしたのでしょう。友だちの自転車のチェーンも切られたんだって、学校で噂になっている――と言えば、両親も『空飛ぶハサミ』はともかく、第三者が関与している可能性がゼロとは言えないと考えるかもしれませんからね。つまり――」

言葉を切ってお茶を一口飲んでから続けた。

「つまり、まとめると二件目と三件目の事件の男の子たちは共犯関係にあって、その子たちが噂の源であり、その実、二件目はうっかりミス、三件目は自作自演の事件だということです」

「でも須美ちゃん、自分の自転車のチェーンを切っちゃったっていうのはやり過ぎじゃない？　犬を逃がしちゃった男の子の味方をしてあげたかったのは分かるけど、自分の自転車を壊してまでそんな嘘、吐くかしら？」

「三件目の男の子にも、それなりにメリットがあればいいんです。たとえば新しい自転車がほしかったとかですね。ただ――」

須美子が続けようとしたところ「あっ！　なるほど。『利害の一致による自作自演』って、そういうことね」と育代が遮り、日下部が補足の説明を始めた。

「ええ、須美子さんの言うとおりです。『空飛ぶハサミ』の話を聞いて最初は怖がっていた健太くんですが、学校で、犬の鎖を切られたと言っていたシンヤくんと、自転車のチェーンを切られた、えーとゴーちゃん……といったかな、が、まさに今、須美子さんが言ったような内容の話をしているのを偶然聞いてしまったのだそうですよ」

「あら、本当にそうだったのね！　悪い子たちだわ」

育代は頬を膨らまして怒りをあらわにする。

まるで中国伝統芸能の変面のようにくるくると変わる育代の表情に、須美子は真面目な話をしているはずだったのに思わず笑みがこぼれた。

日下部も「ははは」と笑ってから、「フォローするわけじゃありませんが、人間の首をチョキンという噂は彼らが流したわけじゃないみたいですよ。それこそ、いつの間にか誰か分からないところから、次の話が広がったらしく、そういった点は都市伝説ならではといえるかもしれません」と話を締めた。

「それで、日下部さん、犬は見つかったんですか？」

「はい、数日後、シンヤくんが帰宅したら、家の前でおすわりして待っていたそうですよ」

「あら、そうなの。ワンちゃんが無事で良かったわ。それでシンヤくんとゴーちゃんはご両親に本当のことを言ったのかしら」

「さて、そこまでは聞いていないので分かりませんが……」

日下部が申し訳なさそうに首を振る。

「きっと、良心の呵責に耐えかねて白状するわよね。子どもはそうやって成長していくものよ」

育代は腕を組んでそう言ってから、「それにしても、須美ちゃんはやっぱり名探偵ね！」と、ばしばしっと背中を叩いた。

「もう、やめてください。適当に言ったら、偶然当たっただけなんですから。ただの勘と思いつきですよ」

光彦のハンバーグの話を思い出しながらそう答えた須美子は、そういえば以前、「すべての推理は勘から始まる」と光彦が言っていたこともあったなと思い出した。

「名探偵の勘ってことでしょう。わたしだったら、その思いつきさえ絶対に浮かばないもの」

「そんなことないですよ。日下部さんがヒントはずっと提示してくれていたんですから」

肩を落とす育代の柔らかな二の腕を、須美子は優しく摩《さす》った。

「ヒント？」

「ええ。それに育代さんのほうが先に真相に辿り着いても良かったんですよ？」

「え、どうして？」

「そのお花です」

須美子は日下部の前に用意された、見舞いの花束を指さした。

4

「あ、これ？　日下部さん、これからお友だちのお見舞いなんですって。脚立から落ちて、骨折してしまったそうなのよ」

「そう、それです。たぶんその方が一件目の当事者ですよ。日下部さん、最初のプラスチックの鎖をちぎったのは、脚立から落ちた日下部さんのご友人の方なんじゃないですか？」

「ははは、やはり、そこまで見抜かれていましたか。須美子さんから『これまでの話の中に真相に辿り着くための条件は揃っているか』と聞かれたとき、嫌な予感はしてたんですがね。さすがですな」

「日下部さんなら、答えが出せる問題にしてくださっているだろうなって、信頼していたからですよ」

その言葉に日下部は照れくさそうに頭をかいた。

「それに、鎖をちぎるなんて、よほどの怪力か、相当な重量の物で押しつぶしたか――くらいしか思いつかなかったんです。たとえば大人が乗った脚立ごとポールと鎖をなぎ倒したとか……」

「ははは、これは口が滑りましたな。失言、失言」

「きっと落ちていた大型のハサミっていうのは、園芸用の枝切りばさみ。ポールも地面に穴が開いて刺さっているものなら倒れることはないと思いますので、一時的に囲って使っていたのかな――と。それで、脚立に登って植栽の剪定でもなさっていて、そのままチェーンの上に倒れて怪我を……あ、もしかして、植木職人さんじゃなくて、マンションの管理人さんなんじゃないですか？」

「おお！　そうですそうです。それも大正解ですよ」

「須美ちゃん、どうして分かったの？」

「不慣れな人がやってしまいそうだなって思ったのと、さっき日下部さんが、大きなハサミがギラリと怪しくも美しい光を放ったっておっしゃったので、もしかして新品だったのかなって。怪しい光じゃなくて、わざわざ、『美しい』って言葉を使ったのにも意味があるのかなって、これも当てずっぽうなんですけどね」

「いやあ、そこまで当ててもらえると逆に嬉しいですな。そうなんですよ。いい年して自分で植栽を剪定しようと思い立ったらしくて。作業を始めようと思った途端、まだ葉の一枚も切っていないうちに、バランスを崩して落下してしまったそうなんです」

日下部の話に自分も痛そうに育代は顔をしかめた。

「まあ、そうだったの。でも、ハサミで怪我をしなかっただけでも運が良かったのかもしれないわね」

「いやあ、本当にそうですな」

「それにしても、日下部さんのお友だち、マンションを持っていらっしゃるなんてお金持ちなのねえ」

「ん？　ああ、いえいえ、彼は雇われ管理人ですよ。ほら、滝野川小学校の裏手のほうにある、茶色の大きなマンションです。たしかマンションのオーナーは横尾《よこお》さんじゃなかったですかな。あのマンションのすぐ近所にある……」

「ああ、あの大豪邸の横尾さん？　わたし、何度もお花の配達に伺ったことがあるわ。あゆ子さんておっしゃる、きれいでとっても感じのいい奥様なのよ」

「ご主人もすごく善い方だと聞きましたよ。怪我をした友人をわざわざ見舞いに来てくれて、見舞金まで出してくれたそうです」

「へえ、すごい」

「それにマンションを建てるときには、自分の両親だけでなく、奥さんの妹さんの部屋も用意してあげたんだそうですよ」

「あら、羨ましいわね。持つべき物はお金持ちの親戚ね」

「ははは、わたしには縁がないですなあ」

「そうね、わたしもだわ。……あら、須美ちゃんどうしたの？」

視線を宙に向けて、須美子は思案顔をしていた。

「あ、いえ、たいしたことではないんですけど……」

「なになに、言ってみてちょうだい」

「『空飛ぶハサミ』の都市伝説なんですけど、せっかくなら、自転車の次は人間の首じゃないほうが面白かったかもしれないなと思いまして」

「？」

育代と日下部が同じタイミング、同じ角度で右に頭をひねる。

「せっかく、プラスチックの鎖、犬の鎖、自転車の鎖ときたなら、次は人間の鎖……つまり鎖骨をチョキンのほうが完成度が高い話になったかなと……あっ」

須美子は育代の反応を見て口に出した途端に後悔した。

育代の顔からまた、さっと血の気が引いて、世にも恐ろしい物でも見るような目で、恨めしげに須美子を見ている。

「……ちょっと、須美ちゃん、『今晩のおかずはどうしようかしら』みたいな顔して、さらっと怖いこと言わないでよね」

育代はそう言うと身を守るように首をすくめた。

「すみません……」

須美子はぺこりと頭を下げてから、亀のように動く育代の首を見てふと思い立ったことがあった。

「あ、もしかして、子どもたちの間で、次は人間の首という流れになったのは頭と体を繋いでいる頸椎の骨が、鎖に似ているってことからなのかしら……」

ちらっと育代に視線を向けるが、飛びかかってくる様子はない。

「おそらくそうなんでしょう。発生源が小学生ですからな。おおかた、学校の骨格標本でも見て、誰かがより話を盛り上げようと肉付けしたんじゃないですかね」

日下部が「骨格標本」という単語を口にしたとき須美子は身構えたが、育代の中で骨格標本は「怖い」対象にはならなかったようで、「ああ、わたしも理科室だったか保健室で、見た覚えがあるわ」と平然と答えた。

「骨格標本といえば、あれも数年前の一時期、物議を醸《かも》しましたなあ」

「なあに？　何があったんですか？」

育代は興味津々で日下部に訊ねる。

「――模型だと思っていたものが、本物の人骨だったのが発覚して大騒ぎになったことがあったじゃないですか。それも一件や二件じゃなくて、全国で十件以上あったんじゃなかったですかな。どういう経緯か分かりませんが、本意でなかったご遺体はさぞ無念だったことでしょうなあ。それこそ化けて出るかもしれない――」

「……あ、あの、日下部さん、そのお話はもうやめにしませんか。い、育代さんが……」

気づけば育代がアナコンダのように須美子の細い体を締め付けていた。須美子から手を放して、その両手で耳を塞げば解決する問題であるにもかかわらず、育代はそのことに一向に気づかないらしい。

「いやはや、すみませんでした、つい……。育代さん。もう怖い話はやめにしましょう」

日下部に言われた育代は、ぎゅっと閉じていた両目をそっと薄目にして、「本当にもう終わり？」と聞いた。

「ええ」

「ふう、怖かった……」と言って、育代は須美子を解放した。

「……ふう。あ、そうだ、お二人は牛蒡モチって知ってますか？」

須美子も一つため息をついてから、育代の次の攻撃がこないよう、先ほど拾ったメモに書いてあった言葉を口にして、話題を変えた。

「ゴボウモチ？　うーん、食べたことはないけど、なんだかおいしそうね。ゴボウをすりおろして作るの？」

「いえ、どんなものか、わたしも知らないんですけど……日下部さんはご存じですか？」

「同じく聞いたことがありませんなあ。それがどうしたのです？」

「実は――」

須美子は先ほどの路傍での出来事を話し、女性の落とし物らしきメモを広げて見せた。そしてできればこれを女性に返却したいと思っているのだと二人に伝えた。

「ふむ、『牛蒡モチ』に『下瀬三平《しもせさんぺい》』さんですか……」

「下瀬三平さんねえ、町内会では聞いたことのない名前だけど……あ、そうだわ、ポリーシューズの村中《むらなか》さんに、聞いてみましょうよ」

そう言って、育代はいそいそと電話に向かった。

ポリーシューズの村中歌子《うたこ》は、同じ霜降銀座商店街で靴店を営む育代の友人で、顔が広く知人も多い。商店街付近のことならなんでも知っている情報通だ。

『下瀬三平さんねえ……』

受話器から村中の声が漏れ聞こえてくる。

『うーん、どっかで聞いたことがある気はするんだけど……ごめんね、思い出せないわ』

「ううん、こちらこそ、突然ごめんなさいね」

育代は残念そうにかぶりを振って受話器を置いた。

「育代さん、ありがとうございます」

須美子が育代に頭を下げていると、日下部は「牛蒡モチ」について考えているようだった。

「たしかゴボウの生産量日本一は青森県だったと思いますが、牛蒡モチは青森の特産品かもしれませんな。スマホで調べてみますか？」

「あ、お願いします」

須美子が頼むと、日下部はポケットからシルバーのスマートフォンを取り出し、慣れた手つきで操作する。

「えーっと……ああ、すみません。青森じゃありませんでした。漢字で『牛蒡餅』と書く、長崎県の平戸《ひらど》の銘菓がありますな」

「あら、長崎もゴボウが名産だったかしら？」

日下部の答えに育代は不思議そうな表情を浮かべ、須美子は長崎と聞いて、光彦が取材に行っている偶然に驚いた。

「ただ牛蒡餅と言っても、野菜のゴボウが入っているわけじゃないようです。名前の由来は、色や形がゴボウに似ていたからと書いてありますな。昔はお餅と黒砂糖を使って、ゴボウみたいに長く伸ばしたものを、お茶席で亭主が切り分けていたらしいですよ」

「へえ、面白いお菓子ですね。……じゃあ、あの女性は平戸からいらしていたのかもしれませんね……」

そう言いながら須美子は、長崎県からたまたま東京に来ていたのだとすると、もう二度と会うことはないかもしれないと思った。

それでも一応、須美子は女性のバッグの特徴を育代に伝え、もしもまた商店街を通りかかることがあったら、メモを預かっている旨、伝えてほしいと伝言を頼んだ。

「分かったわ。……あら、雨かしら」

育代が外に目を向けてつぶやくと同時に、須美子は「あ、育代さん、お肉……じゃなかったお花、お願いします！」と勢いよく立ち上がった。

ぼくの前の席の小柳くんは、名前のとおり背が小さくて柳のように細い。一学年下の子に混じっても、背の順で並んだら前のほうになるに違いない。

「おいチビ」

小柳くんをそう呼ぶのは、クラスで一番背の大きな岡田だ。背だけじゃなくて、体も態度も大きい。お兄ちゃんと一緒に柔道を習っているそうだ。

「ねえ岡田くん。小柳のやつ、前髪が長すぎない？」

「あ、ぼくも思ってた」

いつも岡田についてまわっている出席番号一番の青山と、ぼくの後ろの席の志水が言う。

「ああ、そうだな。切ってこいよ、邪魔だろこれ」

そう言って、岡田が小柳くんの前髪を引っ張る。

「やめて！」

岡田の手を小柳くんが払いのけた。

「……痛《い》ってえなあ」

太い指で岡田が小柳くんの両手を摑んだ。そのすきに志水が、小柳くんの前髪をめくりあげる。右の眉毛の上、ちらっと見えたおでこには青黒いアザがあった。

「岡田くん、見て、アザがあるよ」

「ああ、これを隠してたのかよ。気持ちわりぃな」

そう言って、岡田は小柳くんの手を放す。

「うつるかもしれないよ」

青山に言われた志水は、慌てて「手、洗ってくる!」と教室を出て行った。

「おい見たか? 変な形の気持ち悪いアザ」

岡田がぼくに問いかける。

「……ぼくは、気持ち悪いと思わない」

岡田の目を見てそう言うと、小柳くんがハッとしたような顔でぼくを見た。

「……つまんねえやつだな」

顔を歪ませながらそう言うと、岡田は「行こうぜ」と言って青山と教室を出て行った。

「あ、ありがとう」

うつむいていた小柳くんが顔を上げた。

小柳くんはお礼を言ってくれたけど、ぼくは小柳くんを、かばおうと思って言ったわけではなかった。もちろん、その気持ちもゼロじゃなかったけど、一番は自分のためだ。

だって、小柳くんのとは少し違うけど、ぼくにも変な形の痕があるから――。

第二章　牛蒡モチのある街

1

「坊っちゃまのお帰りは今日のご予定だけど、お夕飯までには帰っていらっしゃるのかしら……」

金曜日の今日は、長崎へ取材に行っていた浅見家の次男坊・光彦が帰宅する予定になっていたはずである。一日一回は連絡してほしいと頼んでいるのだが、結局、一度も連絡はなかった。以前、大奥様の雪江が『あの子はいくつになっても、糸の切れた凧《たこ》みたいなものだから諦めましょう』と言っていたが――。

「せめてお夕食を召し上がるかどうかだけでも、連絡してくださるといいのに……」

取材先で急な案件――本業ではなくて、趣味の探偵のほうに違いないのだが、それが生じると、連絡もないまま、深夜のご帰館になることや、その日に帰って来ないこともままある。

何かあったのではと、須美子はもちろん大奥様だって本当はご心配なさっているのだから——と思うのだが、好奇心旺盛の光彦は、どこへでも飛んでいってしまう凧であり、一度事件に夢中になってしまうと、制御の利かない機関車にもなる。自分の進みたいところまで、どこまでででも走って行ってしまう。そのことを浅見家の家族は皆、知っている。

「本当に坊っちゃまはいつも……」

須美子はブツブツと光彦に対する不平不満を並べながら、今日も買い出しのために商店街へと向かった。

昨日と違い、今日は青空の面積のほうが雲より広い。

大きさも形も違う雲に目をやりながら、須美子は晩ご飯のメニューを考えた。

だが、馴染みの店主たちから、オススメの品について声をかけられても、今日はどれもピンとこない。

気づけば、染井銀座商店街から霜降銀座商店街の境まで来ていた。区界にもなるこの場所は足元のタイルが変わるので分かりやすい。他にも外灯フラッグが違ったりするのだが、意識しなければ、長い一つの商店街と思う人がいるかもしれない。

そこから少しばかり進んだところで、店先でキョロキョロしている育代の姿を見つけた。

「育代さーん！」

須美子は手を振って近づいていく。

「あ、須美ちゃん、待ってたのよ！　申し訳ないんだけど、お買い物のあとでもいいから今日も時間があったら寄ってくれない？」

「ええ、今でもいいですよ。買い物は帰りで大丈夫ですし、何かあったんですか？」

「それがね……あ、とにかく中へ入っててちょうだい」

背中を押されるように奥の丸テーブルに誘われ、須美子は昨日と同じ席に座った。

育代は「ちょっと待っててね」と言って、奥へと向かった。

もしかしたら、昨日頼んでおいた女性が見つかったのかと須美子は淡い期待を抱いた。

だが、それはとんだ見当違いで、育代はテーブルに湯飲みを二つ並べ、腰掛けると開口一番こんなことを訊ねたのである。

「ねえ、須美ちゃん。『トモシオ』って知ってる？」

「トモシオ……ですか？」

首をひねった須美子の頭に「塩」の字が浮かんだ。

「そう、なんだと思う？」

「えーと、粗塩や胡麻塩とかの仲間でしょうか？」

「あ、その塩じゃないのよ」

育代は手元にあったメモ帳を引き寄せ、「友」と「汐」の字を、横に並べて書く。

「……ああ、汐留《しおどめ》とかの汐ですか」

「そう、その汐。昔、お相撲さんで朝汐関《あさしお》っていたじゃない。元大関の朝汐太郎《たろう》」

「いえ、わたしは知りませんけど……」

以前にも「千代《ちよ》の富士《ふじ》ってかっこよかったわよねぇ」と育代は噂していたが、須美子は元横綱だというその力士のことも記憶になかったくらいだ。

「ほら、あのチャウチャウに似てる可愛いお相撲さん……あ、違ったわ！」

「？」

チャウチャウじゃなく、別の犬種が出てくるのかと思ったが、そこではなかった。

「アサシオは、サンズイに『夕』じゃなくてサンズイに朝のほうの『潮』で、朝潮《あさしお》だったわね」

「はあ。そうですか……」

二十七歳の須美子は、どちらにしろ、見たことも聞いたこともない名前だった。

「あら……そういえば、その二つの『シオ』って意味が違うのかしら？」

育代の話題は力士から漢字に移った。

「どうなんでしょう。たしか、二つ並べて『潮汐《ちょうせき》』って言葉がありましたよね。もしかして、朝の満ち引きが『潮』で、夕方だと『汐』って書くとか——」

須美子は育代にペンとメモ帳を借りて、「友汐」の下に書いてみせた。

「『潮汐』ねえ……」

「小学校のときに習いませんでしたっけ。たしか、満潮とか干潮とか、月の引力とかが影響しているんでしたよね？」

須美子は自信なさげに育代に訊ねる。

「わたしが小学生だったのはもう半世紀も昔のことよ。まったく覚えていないわね。あ、そういえば潮時って言葉があるじゃない。わたし、ずっと意味を勘違いしていたの。ドラマとか見てると、悪い人が足を洗うときに、そろそろ潮時だなって言うじゃない。だから、潮時って引き際とか終わりって意味だと思ってたのね」

「違うんですか？」

「あ、やっぱり須美ちゃんもそう思ってた？　でもね、それは間違った使い方で、本当はちょうどいいタイミングって意味なんですって。漁師さんたちが、潮の状況を見ていて、それいまが潮時だぞって、出発するらしいのよ」

「へえ、そうなんですね。日下部さんに教わったんですか？」

「うん」

どこか照れくさそうに育代は答えてから、「あ、さっきの潮汐のことも、日下部さんなら絶対知っていそうだわね」と、育代は付け足す。

「そうですね。でも大学講師の日下部先生に小学校の理科を教わるのは申し訳ないですね」

須美子が「先生」を強調して言うと育代も「そうね。でも、はーい、日下部先生質問でーす、なんて、ちょっと面白そうだけどね」と乗ってきた。

二人は顔を見合わせて「ふふふ」と笑ってから同じタイミングでお茶を飲み、ふうっと一つ息を吐く。

「えーと、それで、なんの話でしたっけ……」

須美子は思い出したように口にした。

「……あ、そうよ『友汐』のことよ！　二丁目に児童遊園があるでしょう。さっきね、そこで健太くんに会ったんだけどね――」

育代は十五分前の出来事を、詳しく須美子に話して聞かせた。

＊

西ケ原二丁目にある児童遊園は、住宅街の真ん中にぽつんとある憩いの場だ。子どもたちからは「ぞうさん公園」と呼ばれていて、その愛称となった象の形をした滑り台や、ブランコに鉄棒、砂場なども あり、小さいながらも近所の子どもたちに親しまれている。

その公園の近くの家から配達の依頼を受け、フラワーアレンジメントを届けに行った帰りのことだった。

公園の時計の下で、木村健太が一人しゃがみ込んでいるのに気づいた。

「驚かせちゃおうかしら」

イタズラ心が湧き上がり、回り込むようにそっと近づき背後に回る。健太は地面に木の枝で何か書いているところだった。

「ワッ！」

「……!!」

声の塊をぶつけられたように健太の体が前に倒れそうになる。なんとか四つん這いの姿勢で堪えた健太は、恐る恐る背後を振り返った。

「……あ、なんだ育代おばさんか。もう、ビックリさせないでよ」

健太は起き上がると手や膝についた砂を払った。

「ふふふ、ごめんね。健太くん一人なの？　お詫びにケーキをご馳走するから、うちに遊びに来ない？」

「本当！　あ、でも、いまゴーちゃんたちと待ち合わせしてるんだ」

ゴーちゃんとは、先日、日下部から聞いた、例の『空飛ぶハサミ』の首謀者の一人だろう。

「そうだったの。じゃあ、また今度、ご馳走するわね」

「うん」

「健太くん、さっき書いてたの……」

育代は健太の足元を指さす。育代が驚かせてしまったせいで、書かれていた文字が消えてしまっていた。お詫びのケーキは二つにするわね――と言おうと思ったのだが、育代の顔を見た健太が先に「うん」とうなずいてから、「女の子は動かなくなっちゃってた……」と、乱れた地面を見つめて淋しそうにつぶやいた。

「えっ⁉」

突然の言葉に意味が分からず、育代が問いかけようとしたところへ、公園の入り口から「おーい、健太〜！」という大きな声が飛んできた。

「あ、ゴーちゃんたちだ。またね、育代おばさん。ケーキの約束忘れないでよね！」

一転して笑みを浮かべ、ぱっと立ち上がると、健太は走り出した。ゴーちゃんと呼ばれた体格のいい男の子とその両側に二人の少年が笑顔で健太を待っている。

「――健太、見てみろよこれ、ライオンに似てる石！　すげーだろ、そこで拾ったんだ」

「健太くん、ぼくのも見てよ、ほらこれ飛行機みたいな形」

「えー、そんなの飛行機に見えないよ。それよりぼくのはね――」

四人の少年たちは、歓声を上げながら、住宅街の小路を入っていく。誰かの家へ遊びにでも行くのだろうか。

育代は結局、健太に置いてけぼりを食った状態で、謎だけが残った。

＊

「――で、そのとき健太くんが書いていた文字がこれだったわけですか」

須美子はテーブルの上の『友汐』と書かれたメモを指さした。

「そうなの。『汐』なんて難しい字でしょう。だから、クラスメイトの女の子の名前かしらと思ったのよ……。わたしの知り合いに汐里《しおり》ちゃんって名前の子がいるんだけど、これは名字かしらねえ。……ああ、でもさっき須美ちゃんが『潮汐』って言ってたけど、『トモシオ』さんじゃなくて『トモセキ』さんなのかもしれないわね。でもどっちにしても、『女の子は動かなくなっちゃってた』だなんて、なんだかちょっと気になるでしょう？」

「そうですねえ。でも名字だとしたら、昨日の下瀬さんよりさらに珍しい気がしますが、そういうお宅が近くにあることになりますね」

「そうねえ、わたしは聞いたことがないし、さっきポリーシューズの村中さんのところにも行って、文字を書いて見せたんだけど、知らないって。でももし、トモ……えーと、とりあえず、『トモシオ』って読み方として話すわね、友汐さんていう女の子だったとして、その子が動かなくなっちゃってたってことは……つまり——」

育代は言葉を濁したが、その女の子が事故にでも遭って意識不明の重体だとか、あるいは——と思っているのかもしれない。

須美子はなんとか前向きな話に持っていけないかと思い、「あの、気になる点があるのですが」と育代の想像を断ち切るように言った。

「気になる点？」

「はい。健太くんは、『女の子が』ではなく、『女の子は』って言ったんですよね」

「ええ、そうよ。それがどうしたの？」

「比較対象物がないときは、『女の子が動かなくなっちゃってた』と言いそうな気がしたんです。あるいは、『が』ではなく、もし『は』とするなら、『友汐さんは動かなくなっちゃってた』と言うのではないかと思いまして」

「うーん、よく分からないけど……それだと、どうなるのかしら」

「えーと、たとえば、友汐さんは男女の双子とか兄妹で、二人揃って事故に遭い、お見舞いに行ったら男の子はなんとか無事だったけど、女の子は動かなくなっちゃってた——というパターンが想像できますけど……」

「ああ……」

育代はいくぶん青ざめて、縋《すが》るような目で須美子を見た。

須美子も慌てて取り繕う。育代の話に希望を見いだせないかと思い、推論してみたのだが、最悪の着地点になってしまった。

「で、でもこんなの勝手な憶測ですし……あ、そうだ！　そもそも本当に『友汐』だったんですか？」

「え……う、うーん、そう言われると自信がなくなってくるのよね……。そもそも小学二年生が砂の上に書いた字だし、光の加減でハッキリとは見えなかった気もするし、健太くんの背中越しでもあったし……で、でもね、ぱっと見た感じではそう見えたのよ」

育代は急にしどろもどろになりながら、次々に言い訳を並べた。

須美子はテーブルの上にあったメモ帳を「失礼します」と言って一枚破り、真っさらなメモとマジックを育代の前に置く。

「育代さん、よく思い出して、さっき見たものを、ここにできるだけそのまま書いてみてください」

「わ、分かったわ」

育代はマジックのキャップを外し、しばらく制止していた。

「えーとね、たしか……」

やがて育代はそろそろとペンを動かし、小学生が書いたようなバランスの悪い「友」の字を書いた。

「それで、その横にこんな感じで……」

サンズイに「夕」と書きマジックを紙から持ち上げたところで、ピタッと動きを止めた。

「どうしたんですか？」

「……うーん、『汐』がなんか違うような気がするのよね」

「違うとは？」

「何か物足りないっていうか、もう少しどこかの線が長かった気がするっていうか……」

「長い……あ、もしかして右側の旁は『夕』じゃなくて、たとえば、えーと……そうだ！平凡の『凡』とかだったんじゃないですか？」

「サンズイに『凡』？　そんな漢字あったかしら？」

育代は半信半疑でメモのスミに「汎」と書く。

「汎用の『汎』っていう字です」

「ああ、そういえばあるわね……」と言ってから、「あ！　そういえば、サンズイの隣の棒が、この『汎』みたいに長かったような気がしてきたわ！」と目を輝かせた。

須美子は「サンズイの隣が長いっていうと……あ、ちょっと貸してください」とマジックとメモを借りると、他にも条件に当てはまりそうな字をいくつか書いた。

「『減』、『源』、『滅』。……うーん、でも、こんなにごちゃごちゃした字じゃなかった気がするのよね」

育代は「ゲン、ゲン、メツ」と須美子の書いた文字を口にしながら首を傾げた。

「えーっと、じゃあ――」

須美子は顔の横でペンを指揮者のように振って思考してから、さらに書き足した。育代はそれを読み上げていく。

「水を汲むの『汲』にご無沙汰の『汰』、それと軽井沢の『沢』ね。ああ、軽井沢すてきだったわねえ……」

育代は一瞬遠い目をした。五月半ばの新緑の時期、須美子と育代は一泊二日の軽井沢旅行に出掛けたのだ。商店街で実施されていた謎解き問題を当てた賞品で、色々と思い出に残るバスツアーであった。

それから二人して、本来の目的から少し外れた漢字合戦が始まった。育代は奥の部屋から辞書を引っ張り出してきて挑んだ。しばらくのあいだ、二人で思いつくままに、可能性のある漢字を書き連ねていく。

だが――。

「……うーん、どれもしっくりこないわね。結局、一番近いのは『友汐』だわ」

そう言って育代はあらためて「友汐」と新しいメモに記し、マジックの底で文字をつつく。

「『友汐』さんですか……わたしの知り合いには、名字でも下の名前でもいませんね。たとえば蹄《ひづめ》さんとか砂金《いさご》さんなんていう珍しいお名前の方は、お聞きしたことがありますけど……」

須美子は光彦から聞いたことのある名前を思い浮かべながら言った。

「……あ、もしかして、名前じゃないのかしら、子どもたちが作った言葉とか——」

育代は思いついたように言った。

「造語ってことですか、メル友とかの」

「そうそれ！　たとえば『友汐』なら、えーと……思いつかないわね、あ、でも——」

「どうしたんですか？」

不意に立ち上がり、壁のカレンダーに目を近づける育代に須美子は訊ねた。

「ねえねえ、『友滅』なら、『友引』と『仏滅』があわさったみたいな漢字じゃない？　そんな感じよ……あ、今のはダジャレじゃないわよ！」

育代は真顔で否定してから、椅子に座り直すと下のほうに「友滅」と書いてみた。

「そうですねえ、たしかに子どもって新しい言葉を作る名人ですから、友だちが減るで『友滅』なんていう新語も、もしかしたらあるかもしれませんね……」

須美子がそう言うと、育代はそれも隣に書き記す。

「『友滅』っと……あっ、じゃあやっぱり、女の子のお友だちが動かなくなっちゃったって、亡くなったってことなんじゃないかしら……。それで『友滅』とか『友滅』なんじゃ

――」

育代は絶望したと言わんばかりに顔を覆って、今にも泣き出しそうだ。キャップをしていないマジックを持ったままだから、自分でヒゲを描いてしまうのではないかと須美子は気が気でない。

「い、育代さん、それは考えすぎですよ。さっき、『滅』とか『滅』とかいったごちゃごちゃした字じゃなかったって仰ってたじゃないですか。すみません、わたしも調子にのって『友滅』なんて、おかしなこと言ったから……」

「ううん、わたしこそごめんね。そうよね、自分で否定したんだったわ。それなのにわたしったら『友滅』なんて、縁起の悪い言葉を――」

育代はそう言いながら、書いた文字を隠すように両手を載せた。

――その瞬間だった。

「あっ！」

「どうしたの？」

「……もしかすると、分かったかもしれません」

須美子の頭にピンとひらめくものがあった。

「え、何が？」

「育代さん、一つ確認させてください」

「地面に書いてた文字のことを聞いたとき、健太くんは最初に『うん』ってうなずいたんですよね」

「う、うん」

「そうよ。それがどうしたの？」

その言葉に須美子は満面の笑みを浮かべた。

「育代さん、明日の土曜日って、お時間ありますか？」

花春は不定休と聞いているが、土曜、日曜は休んでいることが多い。

「ええ、明日は午後から暇よ」

「でしたら一緒に行ってみませんか？」

「どこに？」

「それは……秘密です」

2

浅見家に戻ると、若奥様の和子がリビングで電話の受話器を戻したところだった。

「あ、須美ちゃん、お帰りなさい。光彦さんからお電話で、いま羽田《はねだ》空港に着いたから晩ご飯までには帰ってくるそうよ」

時計を見るともう四時を回っている。お戻りは五時半くらいだろうか。

「かしこまりました。ちょうどよかったです。お夕食、光彦坊っちゃまの分もお買い物してきましたので」

須美子は光彦が帰館すると聞いて、途端に気分が良くなった。白い花のワンポイントが付いたライトベージュのエプロン。その紐を後ろ手にキュッと縛ると、思わず鼻歌が出てしまったほどだ。

洗濯物を取り込み、手早くたたみ終える。少し早かったが、須美子は夕食の下ごしらえにとりかかった。

今日のメインは鶏肉のソテー。大奥様の分は皮と筋をしっかり取らなければならない。塩こしょうとニンニクで下味を付けておく。

ご飯は先日、和子が友人からもらったという、タコの炊き込みご飯の素を使うことにした。愛知県の三河《みかわ》湾に浮かぶ日間賀島《ひまかじま》というところへ遊びに行ったお土産らしい。お米を研いで水加減をし、袋の説明どおりにタコご飯の素を入れて、三十分待ってから炊飯器のスイッチを入れる。

鰹だしのお吸い物は冷蔵庫に残っていたかまぼこを飾り切りにし、豆腐と三つ葉と湯葉を入れ、簡単に済ませることにした。

付け合わせは昨日の残りのゴボウを使ったサラダと、ほうれん草と油揚げの煮浸し。それに鶏肉と一緒に衣を付けたレンコンをソテーして、最後に醤油だれを絡ませた一品にした。

ゴボウを洗い、包丁の背で皮を削ぎ、千切りにして水にさらす。ニンジンとキュウリにとりかかったところへ、玄関から「ただいまー」と光彦の声が聞こえた。

須美子は包丁をまな板の上へ置き急いで手を洗うと、玄関へ駆けつけた。

「お帰りなさいませ、坊っちゃま」

上がり框《かまち》に腰掛け、靴を脱ぐ光彦に後ろから声をかけた。

「いやあ、疲れた。行きはいいけど、駅前の坂って疲れて帰ってくるのに上りはつらいよね」

光彦はいつも愛車の白いソアラを駆って、取材旅行に行くことが多い。だが、今回の長崎はさすがに遠すぎると、苦手な飛行機に乗っての行程だった。そのため、帰りは京浜東北線で上中里《かみなかざと》駅から歩いて帰ってきたらしい。

「坊っちゃまは、普段からもう少し運動なさったほうがいいと思いますよ」

「ははは、耳が痛いね」

「もうすぐお夕食ですけど、先に何か召し上がりますか？」

「いや、いいよ。ちょっと部屋で取材の荷物を片付けてくるから。はい、これお土産」

ボストンバッグから黄色い包装紙の箱を取り出すと、光彦は須美子にぽんと渡した。

「あ、カステラですね。ありがとうございます！　あ、坊っちゃま洗い物は忘れずに出しておいてくださいね」

「うん、ありがとう」

無事に戻った光彦の顔を見て安心した須美子は、小さく頭を下げるとキッチンに戻り、先ほどの続きにとりかかった。

酢を入れた湯でゴボウとニンジンを軽く茹で、ざるに上げて水気を切り、ボウルにマヨネーズと醬油を入れてかき混ぜ、そこへ塩もみしたキュウリとゴボウとニンジンをどっさり入れてよく和え、白ごまを振る。

不意に須美子は「牛蒡モチ」と書かれたメモのことを思い出した。

「……そういえば、牛蒡餅って色や形がゴボウに似ているって言ってたけど、どれくらいの大きさなのかしら」

昨日、日下部にスマホで写真を見せてもらえばよかったな——と思いながら、手を止め、視線を宙にさまよわせていると、耳の近くで「お、今日は何かな」というバリトンが聞こえた。ビックリして振り返ると、光彦が須美子の肩越しにシンクの調理台の上を覗き込んでいる。

「……もう驚かさないでください」

須美子は思わず落としてしまった菜箸を、ボウルの上から拾い上げる。

「ごめんごめん、そんなに驚かすつもりじゃなかったんだけど。久しぶりの我が家の夕食は何かなと気になっちゃってさ」

「今日は牛蒡餅……あ、じゃなくて——」

言い直そうとした須美子の言葉を、「お、新潟出身の須美ちゃんも、牛蒡餅を知ってるのかい。それほど有名だとは知らなかったな」と光彦の言葉が遮った。

「いっ、いいえ、わたしは……」

「光彦！」

「……！」「……！」

呼ばれた光彦はもちろん、須美子までがビクッと動きを止めた。振り返ると、キッチンの入り口に大奥様の雪江が立っていた。

「帰ったのなら、帰ったと声をかけなさいな、まったく、本当に食いしん坊なんですから」

「すみません、お母さん。ただいま帰りました」

光彦は姿勢を正し一礼する。

「あ、大奥様。坊っちゃまから、お土産をお預かりしました」

須美子がそう口にすると、光彦は「やわらかい長崎カステラですから、お母さんの歯でも召し上がれると思いますよ」と余計な一言を付け加えた。

「ばかおっしゃい、わたしの歯はどこも悪くなんかありませんからね。なんでも美味しくいただけますよ」

このあいだ、さし歯の具合が良くないとイライラしていたことがあったはずだが、須美子は黙っていた。光彦もこの期に及んで藪をつついて蛇を出すようなことは言わない。

「ははは、そうでした」

「まったく。食べるだけのあなたと違って、須美ちゃんは忙しいんですからね。邪魔をするんじゃありませんよ」

「肝に銘じておきます」と畏まったふうを装いながら、「じゃあ須美ちゃん、晩ご飯、楽しみにしてるね」と雪江に追い立てられるように揃ってキッチンを出て行った。

「今回は長崎貿易が盛んだったころのことを中心に取材してきたんだ。日本にポルトガルから鉄砲やキリスト教が伝来したのは知っているだろう？」

夕食の席で、好奇心旺盛な甥の雅人にせがまれて、光彦が取材の成果を披露している。

「種子島《たねがしま》にフランシスコ・ザビエルが来たんでしょ」

「そうそう。当時はまだ戦国時代で、ザビエルは鹿児島《かごしま》で布教活動をしようと試みたんだけど巧くいかなかった。それで場所を変えることにした。一五五〇年、初めて長崎県の平戸にポルトガル船が来航したんだ。当時平戸を治めていた松浦隆信《まつうらたかのぶ》は、キリスト教の布教も認め、翌年には、早くもキリスト教教会が建設されたというから驚きだよね。その後、平戸で一五六一年にポルトガル人の殺傷事件が起きたのを機に、ポルトガルは交易港を別の場所に移した。日本初のキリシタン大名、大村純忠《おおむらすみただ》が長崎の港をポルトガル船に開いたんだ。しかし、一五八七年に秀吉《ひでよし》により、キリシタン禁教令が出された。その後、一六一六年、外国船の入港が長崎・平戸に限定され、一六三六年に出島が完成した。雅人も出島は歴史の授業で習っただろう？」

「外国船との交易をその場所に限ってＯＫにしたんでしょう？」

「そう。出島が完成した暁には、それまで長崎市内に住んでいたポルトガル人が出島に閉じ込められ、その後、追放され、鎖国が完成したってわけだ」

「じゃあ、出島は鎖国完成の時点でお役御免になっちゃったってこと？」

「いや、実はそうじゃない。空き地となった出島に平戸からオランダ商館が移設され、オランダ人も出島に隔離されたんだ」

「鎖国してからもオランダ人は交易ができていたの？」

「そう、オランダと中国だけはね」

「なんでその二国なの？」

「キリスト教の布教をしない国だったからさ」

「どうしてキリスト教がそんなに嫌われたの？」

「キリスト教の教えは幕府の身分制度を否定するものだったんだ。それで為政者たちは、その教えを広められると都合が悪かったんだね。現に、キリスト教徒が増加し、キリシタン大名の勢力が拡大し、しまいには島原の乱や天草の乱など一揆の引き金にもなった」

「ふーん。それでもオランダと中国だけは、浦賀《うらが》沖にペリーがやって来て、大政奉還がなされて日本が開国に応じるまで、交易を続けたってこと？」

雅人坊っちゃまも、さすが浅見家の血筋だわ——と、歴史の苦手な須美子は感心した。

「そうだね。ついでに言えば、朝鮮とは対馬《つしま》藩を通じて、琉球《りゅうきゅう》王国とは薩摩《さつま》藩を通じてつながりをもっていた。あと蝦夷《えぞ》地のアイヌの人々とは、松前《まつまえ》藩が交易を行っていたね」

「開国のあと、出島はどうなっちゃったの？」

「出島が機能していたのは、完成した一六三六年から、一八五九年まで。その後一八六〇年には本土に外国人居留地ができる。もともと海の上に埋め立て地として作られた出島だったけど、その翌年から出島と本土とを繋ぐ海の一部が埋め立てられていくんだ。そしてやがては出島が外国人居留地に編入され、さらに埋め立ては続いたんだ」

「今はどうなってるの？」

「そこが海だったことさえ想像もつかないような、内陸地になってしまっているよ。和蘭商館跡は大正時代に国の史跡に指定されたけど、本格的に復旧が始まったのは平成に入ってからかな。出島跡地を復元して、現在は観光地としてかつての歴史を紹介しているんだ」

「じゃあ今回の叔父さんのルポは長崎の出島が中心になるの？」

「まあね。それと平戸かな。一六四一年に平戸オランダ商館が閉鎖されるまで、各国との貿易が盛んに行われた地――つまり平戸は日本の最先端だったともいえるよね。今なお隠れキリシタンの里が残っていたり、一九一八年に造られた田平《たびら》天主堂や一九三一年建設の平戸ザビエル記念教会があったりと、島のあちこちに世界遺産があって、それはもう見所充分だったね」

「当時はめずらしいものもたくさん伝来したんでしょう？」

「ポルトガル船によって伝来したパンやさつまいも、お茶などは平戸から入って日本に広まったと言われているんだよ」

光彦のレクチャーが終了し、須美子は拍手しようとお盆を脇にはさんだ。

「……それであなた、お土産に平戸のものじゃなくて長崎カステラを買ってくるなんて、芸がないわねぇ」

手を叩く前に、雪江がそう茶々を入れたので、須美子は開いた両手をそっと閉じた。

3

翌日は、久しぶりに一日中、晴天の予報だった。朝、空を見上げると、須美子にとっては心も晴れ渡るような洗濯日和であり、お出掛け日和でもある。

午前中に洗濯と掃除を済ませると、昼食の席で「夕方まで出掛けてもよろしいでしょうか」とおずおずと申し出た。

「もちろんよ。そもそも土日はお休みなんですから、須美ちゃんの好きなときに出掛けたらいいのよ」

雪江は遠慮することないのよ——と付け足し、良妻賢母で、一応この家の女主人である和子に「ねえ、和子さん」と同意を求めた。

「はい。洗濯物の心配ならわたしが取り込んでおきますし、たまには外食でもしてきたらどう?」

「いいえ、そんなに遅くはなりません。お夕食の準備までには戻りますので」

これ以上、須美子に気を遣わないよう水を向けても無駄だろうという顔で、雪江も和子も苦笑していた。

「分かったわ。でも、慌てて帰ってくる必要はありませんからね」

雪江がまとめの言葉としてそう口にすると、その横で和子も笑顔でうなずいてみせた。

早めの昼食を食べ終えるのもそこそこに、雪江と和子から「わたくしたちの片付けはいいから」と追い立てられるように須美子は浅見家を出た。二人の厚意に感謝して、閉じたドアに向かって頭を下げたあと、須美子は育代との待ち合わせ場所に向かった。

「花と森の東京病院」の向かいにあるバス停。

二人の住まいからちょうど中間あたりにあるそこまでは、徒歩で十分ほどだ。

育代はすでに来ていて、須美子が姿を見せると手を振って歓迎の意を示した。

「すみません、育代さん。お待たせしてしまって」

腕時計を確認するとまだ待ち合わせの十五分前だった。

「ううん、わたしが早く来すぎちゃっただけよ、なにせ一時間も前に家を出ちゃったから」

そう言って育代は肩をすくめてみせる。

「え、そんなに早くですか」

申し訳なくなってまた須美子が謝ろうとすると、「あ、違うの……実はね、待ち合わせの時間を間違えちゃったの」と、ペロッと舌を出してから育代は続けた。

「時間になっても、須美ちゃんが来なくて、あ、わたしったら待ち合わせの時間を間違えちゃったんだって、約束は一時間前で、置いてかれちゃったって、青ざめて座り込んじゃったの。でもね、落ち着いてよくよく考えてみたら、あ、約束の時間は一時間後だったって気づいたわ。それで安心して、胸に手を当てておっきなため息を吐いてたらね、通りすがりの若い男の人が、看護師をしている者ですが大丈夫ですかって……。わたし、動悸、息切れで具合が悪いと思われちゃったみたいなの」

思い出して恥ずかしくなったのか、育代の顔がみるみる赤くなっていく。

「そうだったんですか……」

「一度、家に戻るのもなんだしと思って、滝野川公園の植物を見たりしてたら、あっという間だったわ」

「花と森の東京病院」の隣には細長い形の滝野川公園がある。大きな銀杏の木が立ち並び、大きな木陰を作って道行く人を太陽から守ってくれる。秋には黄金色が青い空によく映える気持ちの良い公園だ。

育代らしいエピソードに須美子がなんと声をかければいいのか言葉を選んでいると、

「あ、須美ちゃん、バス来たわよ」と肘を引っ張られた。

須美子が乗ろうと思っていたバスより一本早いが、滑り込んできた北区コミュニティバスに、二人は運賃百円を支払って乗り込んだ。

バスは一時間に三本、毎時間、決まった時刻にやってくる。須美子たちが乗ったバスは適度に空いていて、二人は並んでシートに座ることができた。

育代は藤色のインナーに薄手のシャツ、白いジーンズとお揃いの白の革靴というい つもより少しだけおしゃれをしている。一方の須美子も七分丈のブラウスにブルーグレーのプリーツスカートという出で立ちだ。

「それで、須美ちゃん、今日はどこに行くの？」

育代にはまだ目的地を伝えていない。

「さて、どこでしょう」

首をひねってとぼけて見せると、「もう須美ちゃんの意地悪」と育代は口をとがらせた。

「健太くんが書いていたあの文字が示す場所ですよ」

須美子がヒントを伝えると、育代は首をひねった。

「え、あれって女の子の名前じゃなかったの？」

「うーん、違うとも言い切れません」

「……どういうことなの」

育代はしかめっ面をして、掌に人差し指で、健太が書いていた文字を思い出すようになぞる。

「あ！」

育代が目を輝かせたので、もしかして気づいたのかしら——と須美子は思ったが、育代の口から出たのはまったく別の話題だった。

「そうそう須美ちゃん。今日の運勢見た？　わたしは真ん中へんだったけど、須美ちゃんはたしか射手座でしょう。見事一位だったわよ。『幸運が続けて舞い込むでしょう』ですって」

世の女性たちに比べて、須美子はあまり占いを当てにしないところがある。我ながらかわいげがないとは思うが、信じすぎてしまうと、良いことも悪いことも全部、占いのせいにしてしまいそうな気がして怖いのだ。例えば仕事でミスをしたとき、今日の占いが悪かったせいで、自分のせいではないと思ってしまわないだろうか——と。深く考えず、参考までにと気軽に楽しめばいいのだが、影響を受けすぎると、そのうち占いどおりになるよう結果を合わせにいってしまうのではないかと、ふとした拍子に不安が過る。新聞に載っている占いの欄も、なるべく見ないようにしているくらいである。けれども育代は、純粋に占いを楽しんでいるようだし、須美子は他人に自分の意見を押しつけるつもりもない。

「へえ、そうなんですか」

当たり障りのないよう、嬉しそうにそう答えておいた。

いつも見ている風景なのだが、乗り物から見る景色はまた一味違って見える。やがてバスは王子《おうじ》駅を過ぎ、十条台《じゅうじょうだい》区民センター・障害者福祉センターのバス停を過ぎて折り返し、目指す中央図書館のバス停に着いた。ここまで正味十二分。案外短いバスの旅であった。

「中央図書館が目的地なの？」

バスを降りて、建物を仰ぎ見ながら育代が言った。

「いえ、ここではないのですが、ちょっと調べたいことがあるので寄っていってもいいですか？」

須美子は日差しを遮るよう顔に手をかざしながら答えた。

「あ、そうなのね。もちろんいいわよ。あ、じゃあわたし、須美ちゃんが調べ物をしている間にお手洗いに行って来るわね」

何事もスマホで調べればあっという間なのだが、そもそも須美子はいまだに古いガラケーしか持っていない。新潟の友人から不便じゃないのと言われるが、なくても一向に困らない。お手伝いという仕事柄、料理のメニューを考えるのにも便利だよと薦められても、紙の料理本のほうが自分の肌に合っているのだ。それでも、どうしてもコンピュータに頼らざるを得ないときは、図書館のお世話になることにしている。

いつもは、浅見家から一番近い滝野川図書館を利用しているので、須美子はこの中央図書館へ来るのは初めてだった。

二〇〇八年六月に開館した中央図書館は、今なお新築のような美しさで須美子たちを迎えてくれた。建物の一部には、一九一九年からここにある旧陸上自衛隊十条駐屯地の赤レンガ倉庫が使用されており、新しいものと古いものの調和が、なんとも優雅な印象を醸し出している。木目の美しい床はぴかぴかに磨かれ、広々としていて、なにより空間が贅沢に使われているのが印象的だった。

一階が総合フロア、二階がこども用のコーナーで、三階に協働フロアなるスペースもあるらしい。首を巡らすと、北区の名誉区民でもあるドナルド・キーン氏のコレクションコーナーもある。興味をひかれたが、今日の本来の目的を思い出し、須美子は真っ直ぐ総合カウンターへと向かい、名札を付けた係の女性に相談を持ちかけた。

係の女性は忙しそうにしていたが、須美子の用件を聞くと愛想良くパソコン席に案内してくれ、使い方を丁寧に説明してくれてから、カウンターへ戻って行った。

館内は心地よい静寂に包まれている。須美子は教えられたとおりにパソコンを操作し、すぐに目的の情報を探し当てた。

(うん!　やっぱり女の子は――)

思わず口に出そうになるのを堪え、須美子は心のなかでガッツポーズをした。

(えーと、ここから行く道順も、確認しておこうかしら――あらっ?)

地図を拡大していくと、ある部分に目が留まった。

(偶然……よね。でも、もしかして――)

須美子は検索して、いくつかのサイトを開き確認してみた。

（へえ、こんなに色々とあるのね……あ、これもそうだわ。これも……あとはこれも！　すごい全部そうだわ……そうなると、あのメモってたとえば――）

「あ、須美ちゃん、ここにいたのね」

育代はいつの間にトイレから戻って来ていたのか、トイレとは正反対の方角から歩いて来ると、耳元で囁くように話しかけてきた。

「どう？　調べたいことの答え、見つかった？」

「ええ、見つかりました。さあ、次の目的地へ行きましょう」

須美子も周囲を気にして小声で応じる。

「あら、本当にもういいの？」

「はい」と返事をして、須美子は育代を促し図書館を出た。

「すぐ近くですから」

図書館を出ると育代にそう伝えて、先に立って歩き出す。

頭の中で、先ほどの地図を思い出しながら、バスで通った道路を少し戻り、信号を渡る。

狭い路地を進んでいくと、育代が「この道は通ったことないけど、たしかこの先って……」と目的地に思い当たったようだ。きっと育代は一度や二度は来たことがあるのだろう。

「……でも、健太くんが書いていたのと何か関係があるのかしら」

そう続けるところをみると、相変わらず、謎は解けていないらしい。

道はゆるやかな下り坂になり、次第にその角度が恐ろしく急になっていく。

「この道って手すりが付いているのね。上りも下りも、これがないと危ない坂ってことよね」

「こんなに急だと、たしかにそうかもしれませんね」

コンクリート製の道路には、水玉模様のような滑り止めのくぼみが全面に配され、そのことからもこの道路が厳しい坂であることを証明していた。

「ウォーキングシューズで来れば良かったかしら。油断すると転がり落ちそうね」と育代は手すりにつかまってそろそろと坂道を下っている。

須美子は頭の中で育代がコロコロと転がっていく様子を思い浮かべ、思わず「ふふっ」と息が漏れてしまった。

「どうしたの須美ちゃん？　やあね、思い出し笑い？　なになに教えて」

「い、いいえ、なんでもないんです」

須美子は顔の前でぶんぶんと手を振って誤魔化す。

「あ、何か書いてあるわよ。へえ、ここって三平坂っていうのね、知らなかったわ。えーと、江戸時代の絵図にある三平村の名からとも、室町時代の古文書にある十条郷作人三平の名からともいわれている――ですって。あ、そういえば、例のメモにも『三平』ってあったわね。須美ちゃん、あのメモのことは何か分かったの？」

「はい」

「そうよね、そんな簡単に……って、え、分かったの!?」

須美子は図書館で調べていて、この三平坂に気づいた。それはメモにあった『下瀬三平』の名前に一致する。そして――。

「ある共通点を見つけただけで、その先はいつも以上にわたしの勝手な想像でしかないのですが……」

「それでもすごいわ。それでその共通点って……あ、ちょっと待って、自分で考えてみるから……ヒントだけちょうだい」

「ヒントですか？　うーん、そうですねえ」

須美子は立ち止まって、しばらく考えてから「……あ、こういうのはどうですか？　エドポプラ、フジミジゾウノ、マトノヤマ」とリズムをつけて言った。

「……なあに、それ誰の俳句？」

「ふふふ。吉田須美子作――です」

「え、須美ちゃんが作ったの！　すごいわね須美ちゃん。俳句も作れるのね」

「いえ、これは俳句じゃありませんよ。ただ言葉を適当に並べただけです」

「あら、そうなのね。じゃあその言葉の中にヒントが隠されてるってことね？　ええとエドポプラのポプラって植物のことよね？　フジミジゾウは何かしら。不死身のお地蔵さん……」

手すりから手を離し、腕を組んで歩き始めた育代が転がり落ちないか、須美子は見守りながらついていった。

4

「ここが今日の目的地です」

「あ、やっぱり！」

坂を下りきって、右に折れ、「北区立名主《なぬし》の滝公園」と筆文字で書かれた立派な看板と木戸のある門を二人は眺めた。

門の手前には小学生くらいの子ども用自転車が、行儀良く並べて駐めてある。子どもたちにとっては格好の遊び場なのだろう。

「でも、この公園が、『友汐』や『不死身地蔵』となんの関係があるのかしら？」

「育代さん、話がごっちゃになってますよ。健太くんの話とフジミジゾウは関係ありません」

「あ、そっか。そうだったわね」

名主の滝というのは、江戸時代に王子村の名主であった畑野孫八《はたのまごはち》という人物が開いたのが始まりで、名前の由来もここからきているのだそうだ。その後、空襲で焼失した庭園を東京都が再建したのが昭和三十五年。

江戸時代、この辺りは水量が豊富であった。武蔵野《むさしの》台地の突端である王子付近は、飛鳥山《あすかやま》と王子の台地にはさまれた渓谷があり、その両側の至る所から音無川《おとなしがわ》に滝が流れ落ちていたらしい。かつて王子七滝——名主の滝、弁天《べんてん》の滝、権現《ごんげん》の滝、不動《ふどう》の滝、稲荷《いなり》の滝、大工《だいく》の滝、見晴《みは》らしの滝——と呼ばれ、江戸の下町から見物に訪れる客も多かったそうだ。

その一つがここ、名主の滝で、当時の場所に現存する唯一の滝といっていい。

——と、これは先ほど中央図書館で下調べをした成果だ。

園内は池泉回遊式庭園になっているようだ。広く、深い森と土地の高低差を活かした野趣溢れる公園である。入り口を入って正面に、落差八メートルほどの滝が聳え、轟々と涼しげな水音を響かせている。

「マイナスイオンいっぱいで気持ちが良いわね。すーっと汗が引いていくみたい」

「本当ですね」

六月とはいえ、今日の最高気温は三十度だと天気予報で報じられていた。育代が言うのももっともだと、須美子もブラウスの胸元にひんやりとした風を送った。

「こんな住宅街にあるにしては立派な滝よね」

「ええ、ですが——」

「おじちゃん！」

須美子の言葉を遮るように、甲高い子どもの声が後ろから飛んできた。三歳くらいだろうか、まだおぼつかない足取りで、後ろを振り返りながら、ツインテールの女の子が「おみず！　おみず！」と大声を張り上げている。あとから来る若い男性が保護者のようだ。須美子よりも若そうな男性は、「よかったなー」と、子どもの後ろ姿を見守っている。

ポロシャツにジーンズ、短髪に日焼けした肌はスポーツマンを思わせる。しかし、手にしたトートバッグには子ども用の着替えや水筒、お菓子などが覗いており、まるでイクメンパパのようだ。

「おじちゃんって呼んでたけど、姪御さんかしら。いまどきの若い人なのに感心ねぇ……あ、女の子！」

育代は健太が言っていた、『女の子は動かなくなっちゃってた……』という言葉を思い出したらしい。

「わたし、ちょっと行ってくる！」

「えっ！　あ、育代さん。ちょっと待って……」

須美子が止めるのも聞かず、育代はその小さな女の子――を連れた男性に話しかけにいってしまった。

「こんにちは。霜降銀座商店街で花屋をやってる小松原と申します。よくいらっしゃるんですか？」

「え、ああ、どうも江川《えがわ》と申します。姪がここの滝を気に入っていまして」

急に自己紹介された男性は驚きながらも、そう答えている。

「あら、江川さんって、剛速球の江川？」

「は？」

「江川よ江川。すごかったじゃない、あの球」

「ああ、昔活躍した野球選手のですね。そうです。その江川です」

「大きな背中だったわよね……」

育代は会話の途中から池の端でしゃがんでいる女の子の小さな背中をじーっと見つめている。

「育代さん！」

須美子が育代の腕を摑んで引っ張ってくる。

「……須美ちゃん。あの女の子、動いているわよね？」

「もう、育代さん。あの子は関係ありませんから、変なことを言わないでくださいね」

須美子は冷や汗ものだった。

「あの……どうかなさいましたか？」

後ろから江川に声をかけられ、須美子は取り繕うように言った。

「ああ、いえ、この滝、すばらしいですよね」

「ええ、本当に。こういった素敵な公園も多いですし、北区っていいところだったんですね。僕は先月、この近くに引っ越してきたんですが、とても気に入りました」

「あ、引っ越されたばかりなんですね」

「ええ。実は小学校の頃まで、北区には住んでいたんですけど、ここから離れたところだったんで、こんな素敵な公園があるのを知らなかったんです。戻って来られてよかった」

「あら、じゃあ出戻りね」

育代の言葉に江川は「ははは」と笑ってから、「姉に呼び戻されたんです」と答えた。

「お姉さんっていうと、あの子のお母さん？」

「はい、色々あって、どこか引っ越そうと考えてた僕に、あんたも北区に帰ってきたら。今は昔よりもっといい街になってるのよって勧められたんです。実際、大人になって住んでみると、交通の便がよかったりといいところなのは事実でしたけど、姉は加奈子《かなこ》……あの子の面倒を押しつけるために僕を近くに呼んだんじゃないかって思いますよ」

江川はそう言って頭をかきながらも、「まあ、可愛いさかりですけどね」と愛おしそうに揺れるツインテールを見つめている。

「ほんと。カナコちゃん、お人形さんみたいでとても可愛いわね」

育代は女の子に近づくと、隣にしゃがみ込んだ。視線を合わせて、持ち前の社交性を遺憾なく発揮し、「カナコちゃんお水、すごいねえ」と話しかける。

「うん、きょうはでてるね！　でもね、このあいだカナコがみたときはねえ、とまってたの」

「あらそうなの。今日は雨のあとだからたくさん流れてるのかしらねえ」

「育代さん、行きますよ」

「はーい。じゃあねカナコちゃん」

育代は少女に手を振って戻ってくる。

須美子は、江川に向かって「すみませんでした突然。どうもお邪魔しました」と頭を下げ、育代を散策路へと促した。

この公園には出入り口が二か所あり、須美子たちが入った滝の正面の入り口の他に、大きな池の近くにも入り口がある。公園内は川や池と交錯するような格好で散策路が敷かれ、時には橋で川を跨いだり、川を飛び石で渡ったり、河原の石のような大きな石でできた石段を登ったり下りたりもする。そしてその道の両脇には、植物の名前を書いた看板も立っている。生花店を営む育代はそれに興味を惹かれるようで、見つけては花の解説を須美子に聞かせてくれた。

案内板に従って園内の道を進むと、途中、「湧玉《ゆうぎょく》の滝」と「独鈷《どっこ》の滝」という看板を見つけた。だが、そこに滝はなく、水が涸れてただの岩場と化していた。

「うーん、健太くんの謎の言葉を解く鍵は、この名主の滝公園にあるのよね?」

育代は歩きながら須美子に確認する。

「はい」

「タキ、タキ、タキ……あ、北区滝!」

「?」

立ち止まった育代が不意に発した言葉に須美子はきょとんとした。

「わたし気づいちゃったわ。上から読んでも下から読んでも『キタクタキ』なのよね」

「あ、本当ですね」

「でしょう! つまり、そういうことでしょう!!」

「……えーっと、どういうことでしょう?」

「だから、そういうことでしょう?」

「……ん?」

「……ん?」

首を傾げる仕草がシンクロする。

「……違うの？」

「わたしの答えとは違いますね……」

須美子が告げると、育代は首をふってお手上げのポーズをしながら、歩き始める。

「だめだわ須美ちゃん、ギブアップよ。さっぱり分からないわ。本当にここに鍵があるの？」

「はい。鍵というより答えそのものですね」

「え？」

「あ、もうすぐ見えてくるはずですよ」

須美子が右手の斜面の上へ登る道を行くと、育代もおとなしくあとをついてくる。

「ところで、この名主の滝って、四つの滝から構成されているってこと知ってました？」

育代を振り返りながら、須美子が問いかける。

「え？　そうなの？　そういえばさっき、『湧玉の滝』と『独鈷の滝』って書いてあったのは見たけど、溜れてたわよね。あとはえーと……ああ、最初に見た立派なのを忘れてたわ。あれはなんだったのかしら？」

「さっきカナコちゃんと見ていたのは男滝《おだき》っていいます」

「へえ、そうだったの。あと一つは？」

「これがそうです」

須美子が指さした先には、水気のない岩場と植物を背景に、「女滝《めだき》」と書かれた立て札が立っていた。

「あら、どこにも滝なんかないじゃない。ああ、ここも水が涸れてしまったのね」

「いいえ、先ほどの湧玉の滝も独鈷の滝も、そしてこの女滝も、水は流れていませんが、涸れたというのとはちょっと違います。育代さん、そもそもさっき勢いよく落ちていた男滝の水って、どこから流れてきているか知っています？」

「近くの音無川じゃないの？」

「もともとはそうだったようですが、今は違います」

「どういうこと？」

「カナコちゃんが言ってたじゃないですか。今日は水が出ていないって」

「ああ、そうねえ。それでわたし、日照りが続くと水が涸れるのかなって思ったのよ」

「いいえ、この公園の男滝は、今はポンプで水を汲み上げて流しているんです。つまり人工の滝なんですよ。その時間が十時から午後四時までなんです。以前、あの女の子が来たときは、その時間外だったので動いていなかったんだと思います」

「ふうん。それで？」

「そして、この眼前の見えない滝こそが、健太くんの言っていた『動かなくなってしまった女の子』です」

「あーなるほど……って、つまりどういうこと？」

育代はいまいち意味が分からないとばかりに首を傾げる。

「さっきの流れていた滝は男滝、そしてここは女滝です。さっき図書館で調べてみたんですけど、いま名主の滝公園で水が流れているのは男滝……男の滝だけなんです。つまり女の、この滝は、動いていないんです」

最後のほうは、わざと言葉を区切るように須美子は口にした。

「女の、この滝……女の子の滝！　あ！　健太くんが言っていたのって、そういうことだったのね？」

「おそらく、そうだと思います。色々なパターンが考えられると思いますが、可能性が高そうなのでいうと、健太くんはこの公園にお父さんと一緒に訪れた。そして、そのとき、お父さんは『男滝は動いているけど女滝は動いていないんだな』と、この場所で言った。ですが、『男滝』と『女滝』が理解できず首を傾げた健太くんに、『男の滝は動いていたけど、女の、この滝は動いてないんだ』と分かるように言い直したのではないでしょうか。健太くんは、お父さんのその言葉を聞いて『女の子の滝』と、勘違いして覚えてしまった――」

健太は母親を病気で亡くし、それを機に都心から北区へ引っ越してきた。現在は霜降銀座商店街の近くのアパートで、父親の木村友則《とものり》と兄の弘樹《ひろき》と共に暮らしている。女の人である母親を亡くした健太には、もしかすると、とてもつらい言葉として聞こえてしまったのかもしれない。

「そういうことだったのね」

「まあ、推測でしかありませんが」

「……でも、須美ちゃんはどうしてそう考えることができたの？」

「それは『友汐』からです」

「え？」

須美子は地面に枝で、カタカナ六文字を横書きした。

「ナヌシノタキ……ってこの公園のことでしょう？　それがどうしたの」

今度は少しだけ右下がりに、かつ文字をくっつくように須美子は書いていく。ただし、最後の「キ」は書かず、五文字で止めた。

「あ、これ！」と育代は息をするのも忘れて、須美子の書いた文字を見つめている。

「やっぱりそうだったんですね」

須美子が育代に問いかけると、「そうか、わたしが見たのは漢字じゃなくてカタカナだったのね」とうなずいた。

「はい、『友』じゃなくて『ナ』と『ヌ』がくっついて見えたんですよ」

「そっか、それにサンズイが『シ』で、『ノ』と『タ』は、よく見えなかったから、『汐』や『汎』とかって思っちゃったのね。健太くんが砂の上に書いた字だったし、わたしが読み間違えちゃったということね……そっか、ごめんね須美ちゃん、早とちりして……」

「いえ。仕方ないですよ。最後の『キ』も背中越しだったから見えなかったんだと思います し」

須美子がフォローすると、「ありがとね」と礼を言ったあと、育代は「でも、さすが須美ちゃんだわ！」と賞賛した。

「たまたま、気がついただけですから……」

謙遜ではなく、須美子は昨日、育代が両手をメモの上に載せたときに、ちょうどその手からこぼれ見えた部分がカタカナに読めたことで、偶然気がついたのだった。

「あ、でも、健太くんが最初にうなずいたかどうかって聞いたのはどうしてなの？」

育代は昨日の帰り際に、須美子にそう聞かれたことを思い出したようだった。

「その反応で、育代さんだけでなく、健太くんも勘違いしていたんだと確信したんです」

「健太くんの勘違いって？」

「あのとき、育代さんは、自分のせいで健太くんが書いた文字が消えてしまったことを気にしてましたよね。ですから、『さっき書いてたの……』と言ったのは、消えちゃってごめんねという気持ちでしたよね」

「うん、そのとおりよ」

「ですが健太くんは、育代さんの悲しそうな表情を見て、名主の滝の女の子の滝が動かないことを育代さんも知っていて、自分と同じ気持ちなんだ――と勘違いし、『うん』とうなずいたんだと思います」

昨日、育代に確認したことで、思い描いた須美子のストーリーは補完されたのだった。

「あ、そうか。健太くんは地面に書いていた字を、わたしが『ナヌシノタキ』って、ちゃんと読めたと思っていたのね。それで、同じ気持ちでいると思ったわたしが分かると思って、『女の子は動かなくなっちゃってた』って口にしたということだったのね……」

「はい」

「はあ、すごいわね須美ちゃん。きっと、それが正解……あら？　あそこにいるのって――」

育代が指さす先を目でたどり、須美子は驚いた。

池の向こうで亀を見ている小学生の一団に、健太の兄・弘樹がいるのに気づいたのだ。

(すごい偶然！)

心の中で快哉を叫び、須美子は駆け出した。

「あ、ちょっと須美ちゃん、どこ行くの」

育代が驚いてあとを追ってこようとするが、足場が悪いので、若い須美子よりは少し苦労している。

須美子もそれなりに息をきらして池を回り込むと、足音に驚いたのか、何匹かの亀が池の中に飛び込んだ。

「こんにちは、弘樹君」

「あれ、須美子姉ちゃん！」

突然、名前を呼ばれて驚いた表情を浮かべていたが、相手が須美子と気づき、弘樹は相好を崩した。

「弘樹くんにちょっと教えてほしいことがあるんだけど」

須美子は自分の考えが当たっているか、答え合わせをさせてもらうことにした。

「何？」

「……はあはあ、もう、須美ちゃんたら置いて行かないでよ……」

育代は真っ赤な顔をしてゼイゼイと肩で息をしている。

「あれ、育代おばさんも一緒だったんだ」

池を囲むように五、六人の小学生がいるから、今日は友だちと一緒に遊びに来たのだろう。

「ねえ弘樹君。このあいだ、お父さんと健太くんと一緒にこの公園に来た？」

「うん。来たよ」

「やっぱり！　そのとき、三人であっちにある男滝を見たわよね？」

「オダキって男の滝でしょう。うん。見たよ」

「そのあと、女滝……女の滝のところにも行った？」

「うん。でもそっちは流れてなかったよ。昔は流れてたのに、今は汲み上げる機械が動いていないんだよって、お父さんが教えてくれた」

「須美ちゃんの言ったとおりね！」

育代があらためて感心した様子で言った。須美子も嬉しくなって、「はい」とうなずいた。

「……でも、どうして須美子姉ちゃんが知ってるの？」

弘樹の不思議顔に、須美子は弘樹に顔を近づけ、小声で「健太くんが言ってたのを、育代さんが聞いたんですって」と囁いた。

「そっか。ビックリした。また須美子姉ちゃんの名推理で当てられたのかと思ったよ」

「そのとお……もごもご」

肯定しようとした育代の口を須美子は慌てて塞いだ。弘樹が友だちに「須美子姉ちゃんは名探偵なんだ」などと吹聴するようなことにでもなったら、たまったものではない。

「今日はお父さんはいないの？」

須美子が無理矢理話題を変えるように弘樹に質問する。

「ぼくはもう高学年だから友だちと自転車でこの公園まで来ていいって、お父さんから許可が出てるんだ。でも健太はまだ危ないからだめだって。でも、健太も滝を見たいって言うからさ、ぼくがお父さんに頼んでやったんだ。それでね、日曜日に三人で来たってわけ」

得意げに弘樹は答えた。

「そうなの。健太くん、喜んだでしょうね」

「うん。……でも、健太のやつ、女の子の滝は動いてないって聞いて、ちょっとがっかりしてた」

やはり、そのことも須美子の推理どおりだったようだ。

「そうそう、それでね、帰りに『北とぴあ』の展望台に行ったんだよ。健太と一緒にぼくたちの家を探して――」

弘樹が続けて話をし始めた途端、「おーい、弘樹！」、「こっちこいよ！」と、子どもたちの大きな声が飛んできた。一かたまりになって、何やら興奮している様子が見て取れる。

「どうしたのー！」

弘樹も大きな声を返す。

また岩の上にいた亀が何匹か、池に飛び込んだ。

「こっちきて見てみろよ、ティラノサウルスとプテラノドンの形の岩があるぞ！」

「え、本当！　あ、じゃあね、須美子姉ちゃん、育代おばさん」と手を振りながら、池を回り込んで岩場のほうへと全速力で走って行った。

5

それにしても名主の滝公園で木村弘樹に会えたのはラッキーだった。

(もしかして、占いのお陰かしら？)

育代がバスの中で話していたことを、須美子はふと思い出した。

『幸運が続けて舞い込むでしょう』

(じゃあ、何かこのあともいいことがあるのかしら？)

占いを信じないと言いながら、やはりいいことがあると嬉しいものだ。

公園を一巡し、須美子と育代は、入ったのとは別の門から通りに出た。

二人は肩を並べて、三平坂とは別の方角へ歩を進める。道路に出ると、公園の森と違って太陽を遮るものは何もない。六月とはいえ、真夏のようにギラギラと照りつける日差しに、須美子はいささか閉口し始めていた。

公園沿いに進むとすぐに「いなり幼稚園」がある。その名のとおり、王子稲荷神社の近く……どころか、神社の参道を跨ぐようにして広がる幼稚園だ。おそらく王子稲荷神社の経営する施設なのだろう。

「ここから入れるのよ」

育代に誘われ、本日は休園の園庭を突っ切って、参道を境内へと向かうことにした。平日、幼稚園が開園している日には、敷地を回り込んで、「王子稲荷の坂」から参詣するのだそうだ。

王子稲荷神社といえば落語「王子の狐」の舞台でもある。近年では、大晦日から元旦にかけて、装束稲荷神社で狐のお面やメイクを施し初詣に向かう狐たちに扮して練り歩く「王子狐の行列」が有名だ。歌川《うたがわ》広重《ひろしげ》の浮世絵「王子装束ゑの木　大晦日の狐火」を再現しようと始まったもので、そのゴール地点もここ、王子稲荷神社だ。

何を願ったのか、育代はずいぶん熱心に、社殿に頭を垂れていた。

参拝を終えた二人は、境内を横切り、「王子稲荷の坂」の途中へと出てきた。こちらも「三平坂」に負けず劣らずの急坂である。この坂の名前の由来はそのものズバリ、王子稲荷神社から名付けられたのだろう。神社の南側に沿って東から西へ登る細道だ。

「――ねえ、須美ちゃん。ついでに、ちょっと寄り道していかない？」

「どこへですか？」

須美子は涼しいところならいいなと心の中で願いつつ、小首を傾げた。

「さっき弘樹くんが『北とぴあ』の展望台って言ってたじゃない。たしかそこに、新しくカフェができたのよ」

「へえ、そうなんですか。いいですね」

カフェに行けばエアコンも効いているだろうし、冷たい飲み物にありつけるのがありがたい。すっかり元気を取り戻した須美子は、このあたりは以前にも配達に来たことがあるという育代の案内で、「北とぴあ」を目指すことになった。

専門学校の間の道を抜けていくと、やがて「王子大坂」と表示のある二車線の道路に出る。この坂を下るとすぐに須美子も見覚えのある権現坂に出た。王子駅のすぐそばの鉄道のアンダーパスが見えている。

「北区って意外と坂の多い街よね。このあいだ、軽井沢で自転車に乗ったときにもつくづく思ったけれど、もっと足腰を鍛えないといけないわね」

時折、膝に手を当てながら歩く育代に、「坂を登ったら街を一望できる……なんていうシチュエーションなら、頑張るモチベーションになるんですけどね」と須美子は言った。

「そうよね。坂を上れば海が見えるなんていうのも素敵でしょうけど、北区じゃどこまで坂を上っても海は見えないわよねえ。あー考えたら、海で泳ぎたくなってきたわぁ」

汗を拭き拭き、育代は「♪ふーん、ふふ、ふんふん～」と聞き慣れない鼻歌を歌い、平泳ぎの格好をしながら高架下に入る。

「……それ育代さんが作った歌ですか？」

「えっ！　須美ちゃん知らないの？　ひょっこりひょうたん島じゃない。ドンガバチョよ」

「ひょうたん島の……ドンガバチョ？　さあ、聞いたことがありませんけど……」

「テレビでやっていた人形劇なのよ。ひょうたん島っていう島がね、ドンガバチョたちを乗せたまま流されて海を漂流するのよ」

島が流されていく——という状態が須美子にはよく分からなかった。島は海底と繋がっていて動かないものではないのだろうか？　育代の説明はいまひとつ要領を得なかったが、スイッスイッと歩いていく後ろ姿を見ながら、そのドンガバチョとやらは、なんとなく育代に似ているのではないだろうかという気がした。

高架下をくぐると、すぐ左手が目指す「北とぴあ」だ。

そのとき、須美子の目に右手を上げた像の背中が見えた。長崎の平和公園にある平和祈念像——ただしここにあるのは二・四メートルの彫像だ。作者である彫塑家の北村西望《きたむらせいぼう》は、長年、北区西ケ原周辺に暮らし、アトリエを構え創作に勤しんでいたことから、北区の名誉区民に選ばれてもいる。その縁で、ここにこの像が設置されているのだ。

須美子は平和祈念像に祈りを捧げようと近づきかけて、「あっ！」と思わず大きな声を出してしまい、道行く人の注目の的となった。大奥様に見つかったら「はしたない」と叱られそうだが、今の須美子はそれどころではない。像の前で頭を垂れていた女性のオレンジ色のトートバッグに見覚えがあったのだ。

「あ、あの、お久しぶりです……」

須美子は、次に口をついて出た言葉がそれだったことに、我ながら冷静さを欠いていると気づき赤面せざるをえなかった。こちらが一方的に見かけただけで、向こうは自分のことなど知るはずもないのだ。

案の定、女性のほうはまるで不審者でも見るような目を須美子に向ける。

「あ、すみません……あの、下瀬さん、じゃありませんか？」

須美子があらためて問うと、女性は「……そう、ですけど……？」と、まだ訝しげな目で須美子から体を反らすようにした。

黒のシフォンのワンピースに、黒のヒールの高いサンダル。トートバッグだけがやけに鮮やかに異彩を放っている。メイクは薄めで、顔つきにはどこかあどけなさが残る。やはり二十代前半だろう。

あとから追いかけてきた育代が、「須美ちゃん、お知り合いの方？」と女性に小さく会釈した。

「突然、声をかけてしまって失礼しました。わたし、吉田須美子といいます。西ケ原の……商店街の近くに住んでいます」

そう言いながら須美子は肩から掛けたポシェットを開け、ジップ付きの小袋を取り出す。

「以前、霜降銀座の商店街でお見かけしたのですが、このメモ、落としませんでしたか？」

折りたたまれた紙を開いて須美子は女性に見せた。

「え？……あっ！　それ、わたしのです！」

左手で口元を押さえ、右手でメモを指さした女性は、驚いた目で須美子に一歩近づいた。

「え、嘘。あなたなの！」

育代も目を見開いている。

「お返しできてよかったです」

そう言って、須美子は女性にメモを渡した。

「わざわざ拾ってくださったんですか？　たいしたものじゃなかったのに、大切に持っていてくださって……ありがとうございます」

女性は下瀬雅美《まさみ》ですと名乗って、再び頭を下げた。育代も須美子の友人であり、霜降銀座商店街で生花店を営んでいると自己紹介した。

「あ、下瀬さんって、メモにあったお名前ね。ああ、良かったわね須美ちゃん、落とし主が見つかって。今朝の占い、当たったんじゃない？」

「そうですね」

信じるつもりはないが、育代が見た占い番組はなんだったのか、あとで聞いてみようと須美子は思った。

「それにしても、まさかまたお会いできるなんて、しかも長崎ゆかりのこの場所で出会えるなんて思ってもみませんでした」

須美子が平和祈念像に向かって頭を下げると、下瀬雅美も同じようにしてから須美子に言った。

「実はわたし、この像が好きでよくここへ来るんです」

「あの下瀬さん、牛蒡餅って長崎県の……平戸のお菓子ですよね？　もしかしたら、最近、こちらに引っ越してこられたのではありませんか？」

早く答え合わせをしたいとばかりに、須美子は訊ねた。

「ええ、そうです」

「牛蒡餅って言っても、野菜のゴボウが入っているわけじゃないのよね」

育代はそう言って、色や形がゴボウに似ているからでしょうとか、昔は黒砂糖を使って長く伸ばしたお餅を切っていたのよね——と、日下部から教えてもらった知識を披露する。

「よくご存じですね！　そうなんです。今ではいろいろな色もありますし、形もかわいい丸い物も売られていますよ。こんなくらいの」

女性は親指と中指で五〇〇円玉より少し大きめの丸を作って育代に示した。

「へえ、面白いわね。年月と共に、ゴボウに似てさえいなくなっちゃった……でも牛蒡餅なのね？」

「あ、逆にゴボウを練り込んだ製品なんかもありますから、今のほうが、より牛蒡餅といえるかもしれませんけど」

育代は生花店の店主の顔になって片手を頰に当て、「お菓子屋さんもいろいろ考えなきゃならなくて大変ねぇ」と独りごちた。

「……ところで育代さん。そろそろ気づきましたか？」

牛蒡餅の話が一段落ついたところで、須美子が訊ねる。

「え？　なんのこと？」

「下瀬さんのメモの秘密ですよ」

「秘密？　下瀬さんのご家族の三平さんが、地元の銘菓を書いたメモってことでしょう？あ、それとも下瀬三平さんって長崎ではめちゃくちゃ有名人だったりするわけ？」

「いえいえ」と雅美は顔の前で手を振り、「三平はわたしの祖父です。平戸で隠居して庭仕事をしている一般人ですよ」と笑った。

「あ、おじいさまだったんですね。正直、声をかけるときに迷ったのですが、ご家族のお名前じゃなかったとしても、きっと親しい方のお名前だろうから、反応はしていただけるだろうと思っていたのですが……あ、それより育代さん、そういうことではなくてですね、このメモには、平戸と北区を結ぶ『謎』が隠されていたんですよ」

「どういうこと？」

「北区では牛蒡モチも下瀬三平さんも、坂の名前なんです。——ですよね？　下瀬さん」

「はい」

「えっ、北区にそんな坂なんてあったかしら……あ、三平坂はさっき名主の滝公園の横にあったわね」

「はい」

「……でも、牛蒡モチ坂なんてあるの？」

育代は、怪訝そうな顔で須美子を振り返った。

「牛蒡モチ坂ではなくて、牛蒡坂とモチ坂です。それに下瀬坂と三平坂です」

先ほど、図書館で調べた北区のサイトを思い出し、須美子はこの四つの坂があることを、おおまかな場所を交えて説明した。

「あ、もしかして、さっき須美ちゃんが言ってたエドポプラ——って！」

「そうです。『エドポプラ、フジミジゾウノ、マトノヤマ』は、江戸《えど》坂、ポプラ坂、富士見坂、地蔵《じぞう》坂、野間《のま》坂、殿山《とのやま》の坂——という坂がある、というヒントだったんですよ」

「……フジミジゾウノ、マトノヤマって、『野間』の部分を切ったのはイジワルね」

「まあまあ、即興だったので許してください。——まあ、そういうわけで、このメモを書いた方は、最近、長崎から引っ越してこられた。それは、遊びに来た程度の時間では、北区の坂の名前に興味を持つことは少ないかなと思ったからなんですけどね。そして、たとえばこの新しく住み始めた北区の街で、自分が住んでいた長崎に関係のある名前の坂を見つけてメモしたのではないかと、勝手なストーリーを思い描いたわけです」

須美子の頭に長崎の街の坂の風景が思い浮かぶ。

「すごい……そのとおりです！　よく、あのメモ一枚からそこまで――」

下瀬が話を続けようとしたところへ、額の汗をハンカチで拭いながら、育代が赤い顔をして提案した。

「ねえねえ、わたし、すっごく喉が渇いちゃったんだけど、二人はどう？　この続き、お茶を飲みながらお話ししない？　ね、下瀬さんも時間があったら、ここの最上階にカフェができたのよ。一緒に行ってみない？」

一階ロビーに入ると、空調が効いていて、思った以上に爽やかだった。

「はぁ～、生き返るわぁ」

赤い顔の育代が大きな声で言ったので、周囲にいた人たちがクスクスと笑った。それでも何人かの人が同意の意思表示をして通り過ぎて行ったので、須美子と雅美は他人のふりをせずに済んだ。

高層階用エレベーターに乗ると、他に客はおらず、三人は箱の中で気兼ねなくおしゃべりの続きができた。

「じゃあ、あらためて、わたしは小松原育代。まだギリギリ五十代です。よろしくね」

育代がポーズをつけて言ったので、須美子も下瀬もつい笑ってしまった。

「吉田須美子です。二十七歳。西ケ原のお宅で住み込みのお手伝いをしています」

「へえ、住み込みのお手伝いさんだなんて、今時珍しいですね。もう長いんですか？」

「高校を卒業した春からですから九年になります」

「すごい！　そんな頃からずっとですか。あ、わたしは下瀬雅美といいます。今年二十二です。地元の大学を卒業して、しばらく地元でアルバイトをしていたんですけど、先月、思い切って東京で就職活動をしようと思って上京したばかりです。中里のアパートに独り暮らしで、頼れる知り合いもいないので、これから仲良くしていただけたら嬉しいです」

こちらこそ――と、須美子と育代は同時に答えた。

「わたし、あの像の前まではハローワークに行くついでにしょっちゅう来るんですけど、この建物の中に入ったのは初めてです」

下瀬はドアの上の各階の案内に目を向ける。

「あら、そうなの？　このエレベーターは止まらないけど、二階にはさくらホール、三階にはつつじホールっていう大きなホールもあるのよ。それでね、今から行く十七階の展望ロビーからは、飛鳥山や北区のあちこちが見渡せて壮観よ」

足の裏に感じていた圧力が軽くなると、まもなく十七階の表示が点灯して、ドアが開いた。

育代はまるで自分の家のように「どうぞどうぞ、こっちよ」と雅美を案内して先を行く。

「見て見て、まずはあそこにスカイツリーが見えるでしょ。それからこの下が徳川吉宗《とくがわよしむね》公が作った桜の名所、飛鳥山よ」

「あ、飛鳥山って渋沢栄一《しぶさわえいいち》さんが住んでたんですよね？」

「そうなのよ。このあたりは渋沢栄一さんのゆかりの場所が、それこそ数え切れないくらいあるわ……っていっても、わたしは歴史も苦手だからよく知らないの」

だから詳しいことは聞かないでちょうだいね——と、育代は付け足した。

「本当に東京の街を一望できるんですね」

「でもね、残念なのは、ここまで上がっても海が見えないことよね。天気がよければ東京湾は見えそうな気がするけど」

「そうですねえ、東側のロビーから隅田川《すみだがわ》は見えるんですけどね」

須美子が言うと、「あ、そうだっけ？」と育代は歩き出した。須美子と下瀬もそのあとを付いていく。

十七階の展望ロビーは双眼鏡が設置された南側のほか、東と北の三方向が見渡せる。

「ほら、あそこです」

先ほどまでいた場所より少し狭い東側ロビーの大きな窓の向こうを須美子が指さす。

「あら、本当ね。意外と近くに見えるのに気づかなかったわ。気持ちよさそうね」

そう言って育代がまた平泳ぎの格好でスイッスイッとやるのを、下瀬が不思議そうに見ていた。


「さあさあ、お待ちかね。カフェからはなんと富士山も見えるのよ」

南側のロビーに戻ってくると、育代が大きく開かれたガラス扉の前で自慢げに言った。

「へえ、すごい！　東京から富士山が見えるなんて知りませんでした」

雅美はかわいらしく両手で口を覆って、目をまん丸くしている。

育代はその反応に気をよくしたらしく、「ふふふ」と笑いながら先に立って入っていく。入り口で「お好きなお席へどうぞ」と言われ、育代は迷わず窓際の席に、雅美と須美子を誘導した。

「ほら、あそこ。ね？　見えるでしょ？」

大きな建物の少ない北区の街並み。その向こうの丹沢《たんざわ》山地の上から、日本一の山がうっすらと顔を覗かせている。

「本当ですね。ちゃんと富士山だって分かります」

雅美は子どものように窓に顔を近づけて、遥かその先の故郷に思いを馳せるように、しばらく外の景色を眺めていた。

注文はカウンターでして、セルフサービスで料理を受け取るスタイルだった。育代はジンジャーエールとグリルチキンサンドとチーズケーキを注文し、雅美と須美子はアイスコーヒーとシフォンケーキにした。年長者の自分がご馳走すると育代は言ってくれたが、下瀬はメモを拾ってくれたお礼に自分が――と譲らず、結局、最終的には各自で精算ということになった。

レジの女性は、ようやく決まったかという顔をしていたが、厨房から顔を覗かせた若い男性店員は頬を緩めながらオーダーを確認している。後ろでまとめた長い髪に顎髭を生やした顔が、白い制服にとても似合っている。須美子はふと、胸の名札に「坂」の文字が見えた気がした。ハッキリとは見えなかったが、男性の名前は「坂田」とか「坂本」だろうか。須美子は、なんだか今日は坂に縁のある日だな――などと思いながら、自分の分を受け取って、席に戻った。

「さっき須美ちゃんも言ってたけど、北区に『富士見坂』っていう坂があるんだから、昔はこんな高いビルに登らなくても富士山が見えたのよね、きっと」

「そういえば、本郷《ほんごう》通りをまっすぐ行くと、駒込《こまごめ》橋から見えたって聞いたことがありますよ。それで橋の欄干に富士山の模様がついているんだとか……」

須美子は光彦から以前、聞いた話を思い出して伝えた。

「へえ、気づかなかったわ」

育代はそう言ったあと、「ねえねえ雅美ちゃん。平戸ってどんなところなの？」と興味津々で雅美に水を向けた。いつの間にか下の名前で読んでいる。雅美はもうすっかり、ぐいぐいくる育代のペースに慣れたらしく、にこにことシフォンケーキをフォークで口に運んでからのんびり答えた。

「平戸は九州本土の西北端。長崎県の本土の西端と、そこから近いいくつかの島でできています。本土から一番近くて大きい平戸島へは、平戸大橋という橋が繋がっていて、車で渡れます。場所的には松浦《まつうら》市と佐世保《させぼ》市の西隣なんですけど――分かりますか？」

「うーんと、まあなんとなく。須美ちゃんは分かる？」

「わたしもなんとなく……ですね。五島《ごとう》列島に近いのかな……っていうのと、鎖国前は中国やポルトガルと貿易が盛んだったんじゃなかったかしら。ポルトガルから宣教師のフランシスコ・ザビエルが上陸したのも平戸じゃなかったでしたっけ？　たしか種子島では失敗して……だからキリスト教の教会も多いのかなって……」

須美子は先日、光彦が夕食のときに披露していたレクチャーをそのまま拝借した。

「はい、そのとおりです。古くからある教会も多くて、『長崎と天草地方の潜伏キリシタン関連資産』として、世界遺産が二つもあるんですよ。のんびりしたいいところなんです」

「行ってみたいわぁ。素敵な街なんでしょうね」

「平戸も北区と同じで……ううん、山もあるからもっと起伏に富んだ地形なんですよ。市街地にも『御部屋《おへや》の坂』とか変わった名前の坂があります」

「へえ、どんな由来があるの？」

「石畳の坂道なんですけど、平戸藩主の居館があって、この坂道の中程に、お部屋さまの屋敷があったことから名付けられたって言われています。北区にも『師団《しだん》坂』とか『大炊《おおいの》介《すけ》坂』とか、まだまだ不思議な名前の坂がたくさんありますよね。わたし、散歩が趣味で、越してきて一か月も経っていないんですが、あちこち歩いて回ってるんです。それで家の近くの線路沿いにモチ坂っていう標柱があるのを見つけて、北区の坂に興味が湧いたんです。そのあと有名な『とげぬき地蔵』まで行ったら、その近くで今度は下瀬坂というのも見つけて。それからさらに道音《どういん》坂っていう標柱を見つけて、その由来書きを読んでいたら、『北区は面白い坂がいっぱいあるでしょう』って年配の方に話しかけられたんです。その方が『標柱はないけど、すぐそこの坂は牛蒡坂って言うんだよ』って教えてくださって、『牛蒡モチ』と『下瀬』だって、驚いたんです。しかも、北区の名所だっていう名主の滝公園に行ったら、三平坂というのまで見つけてしまって、これはもうおじいちゃんに教えてあげなくっちゃって書き留めておいたんです」

「なんだかもう、雅美ちゃんは北区に呼ばれたって感じね」

「そうですね……あ、それにしても、須美子さん……あ、すみません、吉田さん」

育代が呼ぶのにつられて、雅美も須美子のことを下の名前で呼んでしまったことを詫びた。

「あ、須美子って呼んでください。わたしも雅美さんって呼ばせていただいてもいいですか？」

「はい！　あの、須美子さんはこんなメモ一枚で、どうして色々なことが分かっちゃうんですか？」

育代は自分が褒められたとでもいうように、胸を張って「すごいでしょう。須美ちゃんは名探偵なのよ」と言った。

「ちょっと育代さん、またいい加減なことを――」

須美子の制止も聞かずに、育代は喧伝を続ける。

「雅美ちゃんも何か解決してほしいことがあったら、須美ちゃんを頼るといいわ。ご依頼は霜降銀座商店街の『花春』まで、なんちゃ――」

「本当ですか！」

育代が言い終える前に、雅美はパッと顔を輝かせて言った。テーブル越しに、育代の手を両手で握りしめた。その勢いに、育代のほうが目を白黒させて「え、えっ？　何が？」

と問い返す始末だ。

「あの、本当に相談させていただいてもいいんでしょうか。……あ、でもわたし、引っ越して来たばかりで仕事も決まってなくて……依頼料とかってどれくらい」

育代は啞然とした表情で雅美の独り合点を眺めていたが、須美子は慌てて止めに入った。

「じょっ、冗談ですよ、もう、育代さんったら！　雅美さんが本気にしちゃったじゃないですか」

須美子がきっと睨むと、育代は小さくなって「ご、ごめんなさい」と体をいっそう丸くした。

「……あ、そ、そうですよね……冗談……ですよね……はは」

雅美が引きつったように無理に微笑んでから育代の手を放し、ゆっくりと引っ込めていく――。

「あ……」

思わず、須美子は手を伸ばしていた。

「……！」

不意に摑まれた手に、雅美が驚いたように目を見開く。

須美子の好きな言葉に「手の届く幸せ」というのがある。「背伸びをせず、今の自分の手が届く範囲の幸せをきちんと幸せだと感じる」こと。そして世界中のすべてを幸せにすることは無理でも、「せめて自分の手の届く人や動物たちを幸せにしよう」という意味だ。

「……あの、わたしは探偵ではありませんし、お力になれるかどうか分かりません。でも、もしよければ話すだけでも話してみませんか？」

無責任かもしれないが、すべては手を伸ばすことから始まると須美子は信じている。

「うんうん、依頼料なんていらないのよ。こうしてお知り合いになれたのも、何かのご縁かもしれないしね。困ってることがあるなら言ってみてちょうだい」

「あ、ありがとうございます！」

雅美はうっすらと涙を浮かべた目で頭を下げてから、「あの、じゃあ、早速ご相談したいんですけど」と続けた。

「ええ、なんでも言って」

育代は胸を叩いて促す。

「北区で一番大きなけんを探していただけませんか？」

　ぼくは体に火傷の痕がある。指先ほどの小さいものだが、いつからあるのか記憶にない。恥ずかしくて隠していることが多かったけど、あるとき小柳くんが気づいた。

「なんかお月さまみたいだね」

　そう言われて以来、ちょっと自慢になった。それがきっかけで、小柳くんとは仲良くなり、このあいだ形の変わる島のことを話したら面白がってくれた。

「ねえ見て、すごいこと見つけたんだ」

　ぼくはまた新たな発見をしたことを伝えた。

「え、なになに」

　ぼくは小柳くんに、大きな剣の形に見えるものについてノートに描いて説明した。

「本当だ！」

「へへ、小柳くんが、ぼくのこれが月みたいって言ってくれたじゃない。そしたら、いろんなものが何かの形に見えるなって思って」

　照れくさくなってぼくは頭をかいた。

小柳くんが「よく気づいたね」って褒めてくれたから、ぼくは調子に乗って、話し続けた。

「それでさ、さらにすごいことを発見しちゃったんだ。形の変わる島は、この剣が切ったんじゃないかなって」

「あ、面白い発想だね！　なるほど大きな剣がクサリを切ったのか。うんうん、どんどん剣に見えてきたよ、これ」

小柳くんが言った。

「何が剣に見えるって？」

後ろから岡田が覗き込んでいた。

ぼくは、ちょっと嫌だったけど岡田にも説明した。

「これだよ……」

「じゃあ、この突起なんだよ」

岡田がぐりぐりと指を押しつける。紙がくしゃっとしわになってしまった。

「キャハハハハ」

甲高い声で志水が笑う。

「こんな形の剣なんてあるわけないじゃん」

青山がまねるように伸びた爪を突き立てると、紙が破れてしまった。

「何するんだよ！」

ぼくは立ち上がって志水の洋服の胸元を摑む。

「……お、岡田くん……」

志水がおびえた顔で岡田に助けを求める。

ぼくは志水を摑んだまま、岡田を睨みつけた。

「おーい、席につけ」

担任の先生が入ってきたので、ぼくは慌てて摑んでいた手を離した。

「おまえ、調子にのんなよ」

岡田はそう言ってくるりと向きを変えると、自分の席に戻っていった。

第三章　北区で一番大きな剣

1

育代と須美子は言葉の意味を摑みかねてきょとんとした顔を見合わせた。

「……大きな県？　北区は東京都よ」

育代は当たり前のことを言って雅美を苦笑させた。

「あ、すみません。『けん』って都道府県の県じゃなくて、『剣《つるぎ》』のことです」

「ああ、そういうことね。……でも、北区で一番大きな剣を探してほしいってどういうことなの？」

育代は首を傾げながら訊ねる。須美子もまだ話が見えてこない。ここはしばらく口を挟まず、育代に任せることにした。

「突然、変な質問をしてすみません。実は――」

　雅美は断りを言ってから、十二年も昔の、子どもの頃の話を始めた。

　当時十歳だった雅美は、文通をしていたことがあったのだそうだ。その相手からの手紙に、『北区で一番大きな剣』という意味の言葉が書かれていたのだが、今でもなんのことだか分からないままで、妙に印象に残っているのだという。

「実家にいた頃、ネットで調べてみたことはあるんですが、なんの手がかりも見つけられなくて……あ、日光《にっこう》の男体山《なんたい》の山頂に大きな剣が刺さっているとか、北海道の剣山とか、剣が刺さっている山はいくつかあるみたいなのですが、北区にそんな山ってないですよね？」

「そうねえ、山っていったら飛鳥山くらいかしら。でも、飛鳥山に大きな剣があるなんて聞いたことないわね」

　育代の言葉に須美子も黙ってうなずいた。飛鳥山は育代とも一緒に行ったことがあるし、それ以外にも何度か訪れているが、一度も目にも耳にもしたことはなかった。

「やっぱり……。でも、いつか北区にくれば何か分かるかもしれないとずっと思っていたんです」

「あ、もしかして、それが理由でこの街に引っ越してきたの？」

「はい、それも理由の一つではあります。あ、でももちろんこれが『港区で一番大きな剣』だったら、さすがに引っ越さなかったと思います。上京するって決めて、調べてみたら、北区は家賃も安いし、とても住みやすそうな街だったので、ちょうどいいかなって思ったんです」

「でも、文通なんて珍しいわね。雅美ちゃんが子どもの頃っていったら、もうメル友とかの時代だったんじゃないの？」

育代は最近覚えたばかりの「メル友」という十年も二十年も前から使われているだろう言葉を、少し自慢げに口にした。

「わたしたち、どちらもまだ携帯電話を持たせてもらってなかったんです。——文通が始まったきっかけは、博多《はかた》で旅館をやっている叔父夫妻のところへ遊びにいったときのことでした。当時わたしは十歳で、涼二《りょうじ》くんという同い年の男の子が、ちょうど同じ日に旅館に泊まっていたんです。色が白くてひょろっとした子でした。叔父夫妻には子どもがいないので、そのときわたしの遊び相手になってくれたのが涼二くんでした。叔父のフィルムカメラで一緒に撮ってもらった記念写真を、平戸に帰ってから涼二くんに手紙を添えて送ったのがきっかけで、平戸と東京でのままごとみたいな文通が始まりました」

「そうなの。微笑ましいわね。涼二くんはそのとき家族旅行だったのかしら？」

「いえ、それが、たしかお母さんと二人きりで来ていたんです。どうして博多に来たのって訊ねたら、『急にお母さんと旅行することになって、終点の博多で新幹線を降りたんだ』って言ってました」

「へえ、そうなの。涼二くんはどこに住んでいるの？」

「その頃は北区でした」

「あ、じゃあ、さっき大きな剣のことが理由の一つって言ってたけど、それだけじゃなくて、その涼二くんに会うためにも、雅美ちゃんはこの街に引っ越してきたのね？」

「……会えたらいいな……と思ってはいるんですけど、でもあれからもう十二年も経っていますし、難しいということは分かってはいるんです。実は、彼も引っ越してしまったみたいなんです」

「あら、そうなの」

「はい。『北区で一番大きな剣』って書いてあった手紙が届いたあと、まもなく、手紙が来なくなってしまったんです。こちらから手紙を出してもなしのつぶてで。だから余計にわたしの中で『北区で一番大きな剣』のことがわだかまっているのかもしれません」

「そうだったの……それで、その手紙には、正確には『北区で一番大きな剣』がどうしたって書いてあったの？　その前後の文章にヒントがあるんじゃないかしら。それに、その謎が解ければ手紙が来なくなった理由が分かるかもしれないし、それが分かれば、涼二くんと再会することだって夢じゃないかもしれないわ」

腕を組んだ育代はもっともらしく言うと、最後はまるで名探偵のようにびしっと人差し指を立てた。

「あの……厚かましいお願いなんですけど、もしよかったらその手紙を一度、見ていただけませんか？　手紙は実家から持ってきて、今はアパートに置いてあるんですけど……」

「ええ、それはもちろんいいわよ……ね？　須美ちゃん。大きな剣のことも涼二くんのことも見つけちゃいましょう」

「………」

安請け合いする育代と違って、須美子は返事をすることができなかった。できるかぎりのことはしたいと耳を傾けていたが、雅美にその手紙を見せてもらったからといって、『北区で一番大きな剣』の謎が解けるとは限らない。ましてや十二年も前に消息を絶った人物を、この大都会……もしかしたら、東京にもいないかもしれないのだから、探し出せるとは到底思えない。

「聞いてちょうだい、雅美ちゃん、須美ちゃんはね、今までに数々の難事件を解決してきたのよ――」

育代は須美子の心中など知る由もなく、勝手にどんどん話を進めている。

「ちょ、ちょっと育代さん、でたらめ言わないでください」

「あら、本当のことじゃない」

「難事件なんて解決したことないですよ。ちょっとだけ、些細な謎を、しかも偶然解けたことがあっただけで……」

「そんなことないわ、お花の謎だって、鳥が喋った謎のときも、それにこのあいだの軽井沢だってそうだったもの。本当に須美ちゃんは名探――」

「育代さん！」

須美子は店の中なので大声は出せなかったが、鋭く育代の饒舌を遮った。

浅見家では、坊っちゃまが趣味で行う探偵活動が大奥様である雪江にばれると大目玉を食う。だから、お手伝いの須美子まで、そんなことをしていると知れたら、最悪、馘首《クビ》になりかねないと須美子は案じているのだ。

「あ、あの、わたし、勝手なお願いばかりして……」

雅美は「すみません」と言って、しゅんとうつむいてしまい、テーブルは一気にお通夜のような雰囲気になった。

（わたしったら最低だ……）

できる、できないじゃない。やるか、やらないかだ。

「……あの、わたし、決して名探偵なんかじゃありませんし、お手紙を見せていただいても何も分からないかもしれませんけど……」

「そんなの見せてもらわなければ分からないじゃない」

育代はパッと顔を輝かせてすぐに反応した。「ね、雅美ちゃん。それでもいいでしょう？」

雅美も育代の言葉に勇気を得たように、笑顔を取り戻した。

「ええ、もちろんです。気づいたことがあったら言っていただけるだけでありがたいですし、何も分からなくても構いません」

きらきらした二人の瞳に見つめられ、須美子はやれるだけのことはやってみよう――と、決意と共にテーブルの下で右手を強く握りしめた。

2

翌日、育代と須美子は、平塚神社の参道入り口で待ち合わせをし、平塚亭の団子を手土産に、下瀬雅美の自宅アパートを訪ねることにした。

二日続けて出掛けることに抵抗はあったが、日曜日の今日は浅見家の面々は光彦以外はみな用事が入っていた。雪江と和子は昼食会があるといい、雅人と智美はお昼ご飯もそこそこに友だちと約束があるからと出掛けていった。一家の主・陽一郎は、休日だというのに出勤で、朝早くに迎えの車が来ていた。

「留守番は僕に任せておいて」

昼食の片付けをし、須美子も出掛けようとしたところへ、光彦が階段の途中からそう声をかけてくれた。

「すみません、坊っちゃま。よろしくお願いします」

頭を下げる須美子に、光彦はあくびをしながら手を振って二階の自室へと戻っていった。

（……あの様子だとすぐにお休みになりそうね。お荷物の配達があっても、気づかないんじゃないかしら――）

須美子は帰宅した際、すぐにポストに不在通知が入っていないか確認するのを忘れないようにしようと思った。

平塚亭は大正初期から続く、浅見家御用達の歴史ある和菓子店だ。メインの入り口は本郷通りに面しているが、神社参道側にも扉がある。以前はイートインのスペースもあり、その出入り口に使われていたのかもしれない。今はテイクアウトの販売のみで、三、四人がショーケース前に並べば満員になる、こぢんまりとした構えだが、須美子が行くときはいつも客が途切れることなく、賑わっている。

「今日は空《す》いてるわね」

外まで列があふれていることの多い平塚亭だが、今日は入り口の前に人は並んでおらず、ドアに貼られた紙が風に揺られている。

そこには「臨時営業」と書かれていた。

「あっ！　危なかったわ。そういえば平塚亭さんて、日曜は定休日だったわね。えーっと、替わりに明日、お休みします――ですって」

「わたしも忘れてました。やっててよかったですね」

「須美ちゃんの占いの効果が今日も続いてるのかもね」

育代はそう微笑んでから、入り口のドアを開けて店に入る。

「こんにちは。お団子六本と、豆大福と、水饅頭を三つずつ、それにきび餅とお赤飯も一つずつお願いします」

育代はチラッと須美子を振り返りはしたが、意見を聞くことなく、すらすらと選び、注文を終えた。

もちろん須美子に異存はない。どれをとっても美味しいのが、この店の自慢だ。これは浅見家の大奥様、雪江の言でもある。

「いつもありがとうございます、花春さん。それに須美ちゃんも」

店の奥から、ふくふくとしてまるで大福のような女将さんが顔を覗かせて、須美子にも声をかけてくれる。この笑顔に会えた日は、占いではないが、それこそ何かいいことがありそうな気分になる。

「こちらこそ、いつもありがとうございます」

須美子が頭を下げると、育代が「いつも美味しすぎて、食べ過ぎちゃうのが問題なのよね。特にあんこは絶妙だわ」とショーケースに顔を近づける。

「ありがとうございます。息子がね、選りすぐりの小豆を使ってるんですよ。でもね、小豆だけじゃなくて材料全部にこだわるものだから困ってしまうんですけどね。ふふふ」

女将さんは一向に困った様子など見せずに、終始にこにこと会話をしながら手早く商品を包んでくれる。

会計を済ませ、商品を受け取って店を出ると、二人は上中里駅に続く蟬坂を下った。このあいだ、光彦が長崎から帰ってきたとき、「行きはいいけど、駅前の坂って疲れて帰ってくるのに上りはつらいよね」と言っていた坂だ。一列になって育代と神社沿いの歩道を下り、駅前を通過する。

須美子はこの道を上中里駅から先へ行くのは初めてだった。

「須美ちゃん見て、あれ、スカイツリーじゃない」

「あ、本当。ここからも見えるんですね」

坂の向こう、マンションらしき建物の上に、霞んだツノが生えて見える。東京スカイツリーの、地上四五〇メートル部分にあたる天望回廊から上の部分だ。

やがて瀧野川《たきのがわ》女子学園を過ぎると、道は車一台がギリギリ通れるほどの幅になる。左手にはなんの植物か、須美子の顔くらいありそうな大きな葉っぱが、わさわさとフェンスに絡まっている。その隙間から眼下に京浜東北線の電車が走っているのが見えた。

二人はゆるく長い坂を上っていく。

「北区って意外と坂が多いわよね」

育代は昨日も同じことを言っていた気がする。

「でも、よく考えたら、さっき下って、今度は上ってますから、平塚亭さんから別の道を行けば平坦だったかもしれませんね……」

「あ……そうよね、失敗したわ」

「すみません。わたしが、もっと早く気づけばよかったのですが」

「わたしこそ、下りは楽だわって、何も考えずに歩き始めちゃってごめんね」

慰め合いながら歩を進めていくと、高架を走る新幹線と目の高さが同じになってくる。

「あら、あの遠くに見えるの、観覧車じゃない」

フェンスの網目に育代は人差し指を突っ込む。

「あ、本当ですね。あんなところに、遊園地なんてありましたっけ？」

「多分、あらかわ遊園だと思うわよ」

育代は大正時代からあるという行楽施設の名前を口にした。

「ああ、そういえば都電の駅で『荒川《あらかわ》遊園地前』ってありましたね。わたしは行ったことないですけど、隅田川の近くでしたっけ」

「うん、そう。昔ね、村中さんと一緒にあの遊園地の横にある発着所から、水上バスに乗ったことがあるのよ」

「あ、いいな。わたし、まだ水上バスには乗ったことないんです」

「今度、一緒に乗りましょうよ」

「ええ、是非！」

気づけば上り勾配は緩やかになり、ようやく道が平坦になってきていた。

「ふう、ようやく上り切った感じね。あ、そういえばこの坂がモチ坂かしら」

雅美が、家の近くの線路沿いの坂のことを話していたことを思い出した。育代が「でもどうして、そんな変な名前なのかしら」と続けて言う。

「たしか、全日本餅つき大会の発祥の地だからですよ」

「へえ、そうなの。須美ちゃん、そんなことよく知って……あ」

育代は須美子が笑っているのに気づいて、恨めしそうな顔になる。

「もう、須美ちゃんたら、適当なこと言ったでしょう」

「ふふふ……あ、育代さん、危ない！」

「えっ、あっ！」

よそ見をしていた育代は街灯にぶつかりそうになった。なんとか向きを変えたが、よろめいて尻餅をつく。

「だ、大丈夫ですか育代さん」

須美子が育代の腕を引っ張りあげるように起こすと、育代は「いやあね、いい大人が恥ずかしい」と照れ笑いを浮かべた。

ジーンズのお尻の埃をパンパンと払って姿勢を立て直す。

「あ、分かったわ！　こうやって尻餅をつくからモチ坂なんじゃないかしら」

真顔でそう言ってから「きっと、そうよ。転びやすそうな坂だもの」と続ける育代を見て、怪我はしなかったようだと須美子は安堵の息を吐いた。

そのまま線路沿いを進むと、電柱に隠れるように立つ細い標柱を見つけた。そこにはモチ坂の由来が書いてある。「北とぴあ」で、雅美が見つけたといっていたのはきっとこれだろうと思いながら、須美子は読み上げた。

「えーと、モチの木が坂の上にあったといわれているからモチ坂——だそうです」

「なあんだ。そのモチだったのね……」

残念そうな口調で育代は自分の尻に手を当てた。

「吉田さ～ん、小松原さ～ん」

十メートルほど先から、雅美が手を振りながら駆け寄ってくる。

「あ、雅美ちゃん。もしかして迎えにきてくれたの？」

「ええ。そろそろお見えになるかと思って」

雅美は満面の笑みで答えた。

「狭いところですけど、どうぞ上がってください」

案内された部屋は三階建てアパートの三階の角部屋であった。１Kながらキッチンも居住スペースもゆったりしていて、物の少ない小綺麗な部屋だ。

八畳ほどの部屋の奥にベッドがあり、中央にローソファーとテーブルが配され、その向かいに置いたローボードをテレビ台にしている。

育代と須美子は促されるままソファーに並んで座った。

「あら、新幹線が見えるのね」

窓の外、少し距離があるがエメラルドグリーンの車体が通過していくのが見えた。

「はい。電車好きな人にはたまらない場所です。かくいうわたしも、ここに越してきてからいろいろな電車を見るのが楽しみで。時々はすぐ近くの操車場を見に出掛けたりするんですよ」

「ソウサジョウってなんだっけ？」

「操車場です。車両の入れ換えとか整備などを行う、えーっと線路がたくさん並んでる場所です」

雅美は育代や須美子に分かるよう簡単に説明してくれた。

「ああ、そういえば田端《たばた》と上中里のあいだに線路がいっぱいあったわね。あ、それって、北区で一番大きいショウシャジョウなんじゃない？」

「育代さん、操車場ですってば……でも、たしかに、これだけの面積を取れる場所って、そうそうないでしょうね」

須美子も一番大きいと言うことには同意した。

「でしょう！　ねえねえ、北区で一番大きい剣と北区で一番大きい、そ、操車場……あ、言えたわ！　それと関係ないかしら？」

それが言いたかったのかと思いながら須美子は、「うーん、どうでしょう……」と何か関連付けられないだろうかと頭を回転させてみた。だが、結局何も思いつかなかった。

「そうだ、これが例の牛蒡餅です」

雅美が藍色の箱を持ってくると机の上に置き、蓋を開けた。一瞬、茶色と白の市松模様に見えたが、透明なセロハンに一つずつ、「牛蒡餅」と印刷されている。全部で二十四個。育代の親指くらいの大きさの二色の牛蒡餅が、ぎっしりと並んでいた。

育代と須美子は平塚亭の菓子などを手土産にしたのだが、雅美のほうも二人をもてなすための心づくしの品を用意してくれていた。

「あら！　これがそうなの」

育代が興奮した面持ちで前のめりになる。須美子も目を輝かせた。

「茶色いのは本当にゴボウみたいね。あ、わたしたちは、この近所でおすすめの平塚亭のお団子や豆大福を持ってきたの。行ったこと、ある？」

「いえ」

「そこのモチ坂を下って、そのまま蝉坂を上ったところに平塚神社があるでしょう。あそこの境内にある小さな和菓子屋さんなんだけど、これが、どれをとっても美味しいのよ。是非試してみて。あ、日曜日はお休みだから気をつけてね」

今日は臨時営業だったのよと育代は付け加えた。

「あ、あそこですか。気にはなっていたんです。一緒にお出ししてもいいでしょうか」

お持たせですが——と言う雅美に、「お赤飯ときび餅はお夕飯にでも召し上がってちょうだいね」と育代は伝えた。

女性の独り暮らしらしいかわいらしいテーブルは、あっという間にお菓子でいっぱいになった。雅美は「こんなものしかありませんが」と冷やした麦茶を出してくれる。狭いワンルームはすっかりお茶会の様相を呈していた。

「柔らかくてモチモチしていて、牛蒡餅って美味しいわね」

「本当ですね。名前と形から、食べる前は頭にゴボウのイメージが浮かびますので、実際に口にいれたときの柔らかさと甘さのギャップがなんだか不思議です」

「あ、でも雅美ちゃん。よく牛蒡餅が手元にあったわね」

白いほうの牛蒡餅に手を伸ばしながら、育代が雅美に訊ねた。

「実は偶然なんですけど、午前中に実家の母から届いた荷物の中に入ってたんです。頼んでいた洋服を送ってもらったんですけど、その隙間に入ってまして。ホームシックになっているんじゃないかって、なんだか色々と送ってきたんですよ」

雅美は恥ずかしそうにキッチンの「平戸」の文字が印字されたダンボールを指さした。

「まあ、素敵なお母様ね」

「はい。あ、それからこれも送られて来たんですけど、お口に合うか試してみてください」

雅美は黄色いドミノのようなものを皿に載せて持ってきた。

「これは何？」

「カスドースっていうんですけど……」

早速育代が口にする。

「おいしい！　カステラをコーティングしてお砂糖をまぶしたのね。甘くてほっぺが落ちちゃいそう！」

「わたしもいただきます。あ、本当！　中はふわっとしたカステラなのに、外側の卵黄は焼いてあるのかしら、この白いのはグラニュー糖ですね。カステラのフレンチトーストみたい」

「これも、南蛮渡来の平戸の郷土菓子なんです。『カス』はカステラ、『ドース』はたしかポルトガル語で『甘い』という意味だったと思います」

三人はひとしきりお茶会を楽しんだ。年齢も育った環境もまるで違う三人だが、育代がときどき的外れなことを言ったりやったりするおかげで、箸が転んでもおかしいお年頃かと思うばかりの楽しいひとときとなった。

3

「それで例の手紙のことですけど――」と、一時間も経ったころ、遠慮がちに本題を切り出したのは須美子だった。

一瞬、静まり返った部屋に電車の音が聞こえてきた。

「はい。これです」

雅美が差し出したのは輪ゴムで留められた葉書の束であった。十枚くらいあるだろうか。裏返してみたところ、子どもの字なので一枚にそれほどの文量が書かれているわけではなさそうだ。

「涼二くんは坂上《さかがみ》という名字なのですね」

「あら、そうなの。なんだか坂に縁があるわね」

育代の言葉に、須美子はうなずいた。

「……そういえば、昨日の『北とぴあ』のカフェで見かけた男性店員さんて、坂がつく名字じゃなかったでしたっけ。年齢も雅美さんと同じくらいでしたよね」

須美子は葉書に書かれた「坂上涼二」の文字を見て、そのことを思い出した。

「本当？　わたし全然覚えてないわ。でももしかしたら、その人が涼二くんだったんじゃない。坂つながりで、まさかの出会いを神様が演出してくれていたんだとしたら、なんてドラマチックなのかしら！」

育代はいつもの調子で天を振り仰いだ。

「え、男性店員さんなんて、いらっしゃいましたっけ。まあ、でもそんな偶然あるわけないですよね」

育代が半ば本気で言ったとは思わなかったようで、雅美は軽く受け流して笑った。

「ま、まあ、そうよね。このあいだ、届いた広報に北区の人口は三十万人以上だって書いてあったし、それに涼二くんは引っ越しちゃったんだものね……」

育代は少し恥ずかしそうに頬を染めて、口調は冷静な振りを装っている。

「可能性としてはゼロではないですけどね。たとえば北区から引っ越していたとしても、『北とぴあ』に働きに来ていることだってあるでしょうし。まあ、可能性と言うなら、それこそ、涼二くんは雅美さんと反対で平戸に引っ越した——なんてことも言えちゃいますけどね。あ、そういえば涼二くんの写真はないんでしょうか？」

「あ、そうよ。十年以上前でも面影が残っているかもしれないじゃない。『北とぴあ』の男性が本当に違うかどうか、須美ちゃんが見れば分かるんじゃないの？」

「――それが、ないんですよ」

「あれ、旅館をやってる叔父さんが撮ってくれたって言ってませんでしたっけ」

須美子は昨日、「北とぴあ」で聞いた話を思い出して訊ねる。

「……叔父ったら、あとでもう一枚焼き増ししてくれるって言ってたのに、フィルムを無くしちゃったらしいんです」

「あらぁ、それは残念ね」と育代は言った。

「おっちょこちょいなところがある叔父でして……あ、そうそう、涼二くんと仲良くなったのも――ふふ」

雅美は話の途中で思い出し笑いをした。

「何があったの?」

「あ、すみません。涼二くんたちがチェックインしたとき、四人組の人たちもいらっしゃったんです。涼二くん母子とその方たちが、手続きし終えてエレベーターに向かったら、叔父がカウンター越しに『あの、五名様ー』って声をかけたんです。でも、涼二くんはお母さんと二人でしたし、もう一組は四人組でしたから、どちらも振り向かず行ってしまって。わたしはフロントの近くにいて、あれって思いながら、一、二、三、四……って、指を差して数えていたら、涼二くんも同じことをしていたんです。振り向いた涼二くんが、同じことをしているわたしに気づいて、二人して目を合わせて笑い合って、それがきっかけでした」

「かわいい思い出ね」

「はい。ああ、なつかしいな……あ、すみません。脱線してしまって」

「いえ」と微笑んでから須美子は、「えーと、この葉書ですけど、最初から全部読ませていただいてもいいですか？」と確認した。

「もちろんです」

雅美がそう言ってうなずくのを見届けてから、須美子は輪ゴムを外し、一番上から順に、丁寧に内容を改めた。「北とぴあ」の男性はともかく、子どもの頃の写真があれば探す手がかりになるかもと思ったのだが、それは諦めるしかなさそうだ。

最初の葉書の日付は四月十日。雅美が写真を送ってくれた御礼と、楽しかった旅の思い出が拙い文章で綴られている。おそらく二人が出会ったのは春休み中だったのだろう。その後も、葉書の内容はどれも小学生らしいやりとりで、最近あった出来事や、自分の住んでいる地域の出来事、時には学校で習ったことや友だちとの会話などが、幼い筆致で綴られている。

「牛蒡餅のことは涼二くんにも書いたことあるの？」

育代はもう何個目だか分からない牛蒡餅を口へ運びながら訊ねる。

「いえ、多分書いていないですね。子どもだったので、他愛のないことばかり書いてましたから」

「そうよね」

それからしばらく育代は黙って須美子の様子を見守り、雅美はお茶のおかわりをもってきてくれた。育代は、自分が安請け合いしたのにもかかわらず、葉書の精査は須美子任せにして、自分はおやつの試食に余念が無い。一通り、全部食べたあとは、牛蒡餅とカスドースを交互に口に運んでいる。

須美子は読んだ葉書を後ろに回し、念入りにその内容を確認していった。

葉書は、残り三枚になった。

六月二十日と書かれていた葉書には、『昨日はたいへんだったけど、北区にも形が変わる島を見つけました』と書かれていた。

「形の変わる島？　これって、どういうことなんでしょうか？」

雅美に聞くと、「あ、そうだ！　それも気になっていたんです。できれば、この形の変わる島も見つけていただけないでしょうか？」と、おずおずと頭を下げる。

「ええ、乗りかかった船よ。ねえ須美ちゃん」

「はい、頑張ってみます。あの、雅美さん、北区にも……って書いてありますが、雅美さんの手紙にも、形の変わる島がある――という話を書いたんでしょうか？」

「えっと、確かその前にわたしが、出島の話を書いたことがあったんですけど――」

「出島って元大関の？」

もぐもぐと口を動かしながらの育代に問われ、雅美は戸惑ったような表情を須美子に向けた。

先日の朝潮に続き、またしても元大関の話だ。若い雅美は「元」どころか「現在の大関」さえも知らないかもしれない。かくいう須美子も人のことを言えた義理ではないのだが。

「育代さん、お相撲さんのことはいったん忘れましょう。長崎の出島ですよね」

「はい。江戸時代に外国と貿易を行っていた島です――」

雅美が答えると、「ああ、そっちの出島ね」と育代はペロッと舌を出した。須美子は一昨日の夜、光彦が話していたことを思い出しながら雅美の話に耳を傾けた。

「わたしが住んでいた平戸にはオランダ商館があったんですが、鎖国の影響で長崎の出島に移ったんです。あるとき教科書に、そのことが載っているのをみつけて、その出島は埋め立てられて形が変わって、今はもうなくなったんだよ――といったことを手紙に書いたら、その返事にこの手紙が届いたんです」

「……でも」と、育代は須美子の手元にある葉書を覗き込みながら、「北区の形が変わる島なんて、長いことこの街に住んでるけど、聞いたことがないわね。そもそも、北区って海に面してないわよ」と口にした。

「……そうですよね。わたしも、そのとき地図帳で北区の位置を調べたんですが、文字どおり東京の北のほうにあって、海に接していない地域だって知って……。それなのに、島があるっていう涼二くんの葉書を不思議だなって思っていたら、次にその――北区で一番大きな剣の手紙が届いたんです」

そう言って、須美子が手にしている葉書を指さした。

須美子が一枚めくると、そこには、『大発見。形が変わる島は、北区で一番大きな剣の先が切ったのかもしれません』と書かれていた。

「あ、出たわね、これが昨日雅美ちゃんが言ってた『北区で一番大きな剣』ってやつね」

育代が犯人を名指しする名探偵のように、ビシッと葉書に向かって指を突きつけた。

「はい」

「つまり、前後のやりとりを踏まえると、こういうことですね。長崎の出島と同じく、『北区にも形が変わる島を見つけました』。そして、雅美さんがその場所を問うた返事が、具体的な場所ではなく、『北区で一番大きな剣の先が切ったのかもしれません』だった――と」

「そうです」

「どう、須美ちゃん？　何か分かりそう？」

「……すみません、いまのところ何が何やらさっぱりです」

須美子は率直な感想を漏らした。

ただ、北区はやはり「東京都の北区」であることを確信した。それまで、もしかしたら北区といっても、札幌や大阪や名古屋など、他の北区である可能性も疑っていたのだが、雅美と涼二のやりとりから、須美子たちの住む北区であることは間違いなさそうだ。

「そして、次のが最後の手紙です」

雅美は不安げな顔で、須美子の手に残った葉書を見つめた。

〔このあいだ書いたことを友だちに話したら笑われました。それにクサリを切ったのはおまえじゃないかとも言われました。ぼくが死神だから、剣じゃなくて本当はカマで切ったんだろうと言われました。次の日からみんながぼくを死神と呼ぶようになりました。くやしいけど、みんなが言うとおりかもしれません。だって、ぼくのせいで見えないクサリも切れちゃったから〕

最後のほうは、文字がゆがんでいる。これを書いたときの坂上少年の悔しく悲しい心情が、文字ににじみ出ているようだった。

「なんだかちょっと、涼二くんがいじめに遭ってたんじゃないかって、疑いたくなる内容ね……」

育代が言うと、我が意を得たりとばかりに雅美もうなずいて、「わたしもそう思いました。そのせいで返事がこなくなってしまったんじゃないかって……」

「あ、そうだ住所！」と育代は葉書を須美子から奪い取るようにしてひっくり返した。そこには「東京都北区浮間《うきま》〇丁目××番地　北赤羽《きたあかばね》コーポ二〇三」の住所が鉛筆の文字で書かれていた。

「東京に来てから、この住所には行ってみたの？」

「はい……でも違う人が住んでいて、それで、もうずいぶん昔に、涼二くんが引っ越してしまっていることを知ったんです。でも、引っ越し先は分かりませんでした」

「役所や警察に聞いても個人情報だから教えてもらえないわよね。どうやって探せば……」

「あ、いえ涼二くんの居場所を探すのは難しいだろうと承知しています。ただ、せめて『北区で一番大きな剣』と『形の変わる島』が分かればいいなと……」

須美子はそんな育代たちの会話を聞きながら、しばらく黙って考え込んでいた。

不意に育代が、「あ、須美ちゃん！」と大声を出したので、須美子ばかりか雅美もビクッとして育代を見た。

「――鎖を切ったたって、もしかして日下部さんが言っていた『空飛ぶハサミ』のことと関係あるんじゃないかしら」

「空飛ぶハサミ、ですか？」と首を傾げた雅美に、須美子は、最近この近辺で話題になった都市伝説の話を、結末まで含めて話して聞かせた。

「へえ、子どもらしい発想ですね」

「それでね、その話のときも須美ちゃんが名探偵の力を発揮して、真実を言い当て――」

「育代さん、そんなことはいいですから」と須美子は遮ったあと、「――たしかにわたしも、手紙に書かれた『クサリ』という単語から、都市伝説のことを一瞬連想しましたけど、『空飛ぶハサミ』は剣でもカマでもなく、文字どおり『ハサミ』ですからね。それに、もう出所も分かっている話ですから、同じ子どもの話とはいえ、十二年も前のこの葉書とは繋がっていないと思うのですが……」と続けた。

「まあ、そうよね……」と育代もすぐに自説を引っ込める。

ただ、そうは言いつつも、須美子は頭の中で何かが引っかかっているもどかしさを、どこかで感じてもいた。

4

「ねえ、須美ちゃん。帰りに踏切を見て帰らない？」

育代は雅美のアパートを出たところで、何やら意味の分からないことを提案した。

「はあ……」

須美子の胸中はそれどころではなかったので、返事がおざなりになったのもやむを得ないことだろう。

雅美の持ち込んだ問題については、今日のところは棚上げにして三人の集いはお開きになり、須美子が宿題として預かることになった。須美子は涼二が葉書に書いたいくつかのキーワードや涼二の住所などを手帳にメモした。そして、次に会うときまでにそれらの疑問になんらかの回答を出すという重い期待を、いつもの育代の何気ない安請け合い――育代にしてみれば名探偵と信じる須美子への信頼の証なのだろうが――により、背負わされる羽目になったのである。

のろのろと十分ほども歩いただろうか、六月の夕日はまだ高く、真っ黒な影をアスファルトに焼き付けている。須美子は考え事をしながら、育代の後ろを俯いたまま無言で歩いた。

「ここよ！」

突然、先を行く育代が立ち止まり、遠足の引率のように須美子を振り返った。

「ここはね、山手線唯一の踏切なのよ。知ってた、須美ちゃん？」

「唯一の踏切……？」

須美子はようやく我に返り、育代の指さす踏切に目を向けた。

緑色のラインが入った電車が通り過ぎていく。

唯一とはどういうことだろう。浅見家の付近にある都電荒川線を渡る踏切だって、いくつもあるのを須美子は知っている。それが、都心をぐるりと巡る山手線ともなれば、踏切などそれこそ数え切れないほど……全部でいくつあるのかも分からないくらいあるのではないだろうか。

「あっ！　須美ちゃん、いま踏切なんていくらでもあるって思ったでしょ？　でもそれが違うのよねー」

行き過ぎる轟音に負けない声でそう言った育代は、「あ、開いたわね。渡ってみましょう」と、得意げに鼻を高くして足を踏み出した。

「……？　違うって、どう違うんですか？」

「山手線っていうのがポイントなの。電車がひっきりなしにくるから、踏切だと開いている時間が短いでしょう。だから、普通はないのよ。この第二中里踏切はね、そんな山手線で唯一の踏切なの。逆に言えば山手線には、ここ以外に踏切はないってこと」

「へえ！　なるほど。知りませんでした」

山手線は日本の首都、東京の代表ともいえる路線だ。ピーク時には三、四分ごとにホームに新しい電車が滑り込んできている気がする。それが内回りと外回りとあるのだから、踏切が開いている時間はたしかに、かなり限定されるはずだ。区間によっては他の電車も併走している。そうなると高架橋やアンダーパスになっているほうが自然なのだろう。須美子は意外な事実に目からうろこが落ちる思いだった。

実際、この踏切を渡ってすぐのところは高架になっていた。下を覗き込むと、湘南新宿ラインの電車が走って行くのが見える。

「だけどね、近い将来、この踏切も撤去されて、山手線を踏切で渡ることは完全にできなくなるってニュースで知ったの。だから、渡れなくなる前に、須美ちゃんにも記念に渡ってほしくて、今日、良い機会だからついでに来てもらったってわけ」

育代の話では、東京都が、ここから少し離れた場所に陸橋を作り、その代わりにこの踏切を廃止することが決まっているのだそうだ。

「そうだったんですね。ありがとうございます育代さん、いい記念になりました」

「ふふふ、良かったわ喜んでもらえて。あ、ねえ、須美ちゃん。さっきの話だけれど電車が『北区で一番大きな剣』ってことはないかしら。ほら電車って銀色に光ってるし、子どもならではの発想じゃない？」

「なるほど、たしかに線路って地図で描くときに白と黒の縞々に書きますから、鎖にも似ているといえますし、関係あるかもしれませんね」

当時十歳、四年生の子どもが考えたことだ。育代のいうことも一理あるのかもしれない。

「ね、きっとそれよ！」

育代は興奮して大きな声で叫ぶが、ちょうど鳴り始めた踏切の警報音がかき消してくれたお陰で、人々の奇異の目に晒されることはなかった。

「このあいだ名主の滝公園で弘樹くんのお友だちも言ってたじゃない。恐竜に見える岩があるとかって。あ、それに健太くんのお友だちも、動物に似ている石を持っていたし。子どもならなんでも、何かに見える。満月にウサギの形が見えるのと同じよ。ほら、ありそうじゃない？」

育代は爛々とした目で須美子を見つめる。

「……でも、そうなると『北区にも形の変わる島がある』っていうのはなんでしょうか？」

「島ねえ……あ、駅のことじゃない。細長い島に見えなくもないでしょう。ホームドアが設置されて見た目が変わったとか……」

「うーん、それだと駅の形は変わっていないような気がしますが……」

「そうよねえ……。わたしも言ってて自信がなくなってきちゃったわ」

肩を落とし、育代は高架の上から、無言で遠く陽炎にけぶる鉄路の先を眺めた。

だが、先ほどの『空飛ぶハサミ』の話と同様、須美子は頭の中では今の話も完全には否定できずにいた。

たとえば、こんな考え方はどうだろうか？

山手線と京浜東北線は品川から田端の区間、平行して走っている。京浜東北線は田端で環状線である山手線と分かれて北上するが、その分岐である田端駅は北区に属している。このことにも意味があるといえば、ありそうではないか。そして、山手線から京浜東北線という鎖を切り離すと、円と線に変わる。その円が島で、線が剣という発想はどうだろうか――と、空から都心を見下ろすようなイメージまで、須美子は発想を広げてみた。

――いや、どこかすっきりしない。

そもそも『北区で一番大きな剣』ということは、それは何本も同じ編成の走っている列車のようなものではなく、唯一の何かであるような気がする。それに、北区の範囲に収まっていないと条件を満たさない気がする。

「……戻りましょうか」

「ええ」

育代に促され、開いたばかりの踏切を渡り始めた途端に、また警報器が大音量で鳴り出す。

「あら、やだ、また閉まっちゃうわ」

そう言って育代は急ぎ足になる。

信越《しんえつ》本線は一時間に二、三本だったので、開いている時間のほうが圧倒的に長かったな――と故郷の風景を思い出しながら、須美子は育代のあとを追った。

「……これ、大きいですね。北区で一番かもしれませんね」

踏切を渡り終えた近くのビルの前に、直径二、三メートルはありそうな巨大なゴルフボールのモニュメントが据えられていた。おそらくこの会社がゴルフ用品を扱う会社なのだろう。

「『北区で一番大きなゴルフボール』なら、間違いなくこれよね。この坂をあっちから転がって来て、あそこにポンと、ボールが乗っかったイメージかしらね」と、育代は笑いながら坂の上手を指さした。

「逆じゃないですか。あのボール、緑のピン——っていうんでしたっけ、それに乗ってますから、ここからどこかに打つんですよ」

「そっか。あのボールを打つとなったら、相当大きなクラブが必要ね」

「打つ人自身も相当大きな人じゃないとだめですよ」

「ふふふ、さあ馬鹿なこと言ってないで、運動がてらウォーキングして帰りましょうか」

育代はそう言って、大きく手を前後に振りながら歩き出した。

「そうですね」

須美子も雅美の家で食べたお菓子のカロリーを消費すべく、汗をかきかき熱せられたアスファルトの上を上半身を動かすよう意識して大股で歩いた。

「あら、こんなところに自転車屋さんなんてあったのね。水島《みずしま》サイクルさんですって」

洒落た名前のマンションの横に、ずらりときれいな自転車が整列していた。それをみた瞬間だった――。

「あ！　そういうことだったんだわ」

須美子はそう口にすると、天啓に打たれたように立ち止まった。

「どうしたの、須美ちゃんったら突然？」

「日下部さんが言っていた『空飛ぶハサミ』のことです」

「あれはもう解決済みでしょう？」

「いえ、実は気になっていたことがあったんですが、思い出しました。わたし、男の子が自分で自転車のチェーンを切ったのは、新しい自転車を買ってもらうためじゃないかって言いましたけど、本当にそうだったんでしょうか」

あのとき、そのことを言いかけたのだが、育代に遮られて話が別の方向に進んでしまい、今の今まですっかり忘れていたのだった。

「どういうこと？」

「わたし、ちょっと確かめてきます！　――こんにちは」

須美子は店に入ると、店主らしき老人につかつかと近づいた。育代も不得要領の顔で須美子の後ろについてくる。

「あの、自転車のチェーンって、切れてしまったら、それだけ取り替えることはできますか？」

「ええ、できますよ」

「代金っておいくらくらいでしょうか？」

「そうですねえ、自転車やチェーンの種類にもよりますけど、まあ三千円から四千円くらいみてもらえれば」

「じゃあ、自転車のチェーンが切れたからって、自転車をまるごと買い換えるのはもったいないですよね」

「そうですねえ。でも最近の自転車はピンキリで安いのもあるからね。たとえば子どもさんの自転車なんて成長に合わせて買い換える親御さんも多いですよ」

「そうですか。おいくらぐらいからあるんですか？」

「ちょっと、待ってくださいよ。おーいダイゴ！」

奥に店主の息子か孫だろうか、自転車の修理だか解体だか、よく分からない作業をしている若者を呼び寄せて老人は言った。

「このあいだ、お母さんと一緒に来た子いただろ。あの子が買っていった自転車、いくらだったかなあ」

呼ばれて立ち上がった若者は一八〇センチくらいありそうな長身で、天井からぶら下がっている自転車のフレームやタイヤを避けながら近づいてきた。軍手をしたまま額の汗を拭っている。頰に油汚れの痕が付いた顔は、二十代前半くらいに見えた。

「いらっしゃいませ」と口をあまり動かさずに言ったがにこりともしない。

「一万八千円です。型落ちでしたからね。本人は色とデザインをとても気に入ったみたいで喜んでいて、他の高い自転車よりそれがいいって言ってましたけど……」

背は高いが薄い体で、くすんだ蛍光灯のせいか顔色も悪く見える。

「へえ、新品で二万円もしないのもあるのね。一万円以下なんていうのもあるのかしら？」

ずっと黙って話を聞いていた育代が、興味津々の態で口を挟んだ。

「中古でよければありますけど、うちでは扱っていません。修理はここでもしますが、中古自転車の販売は別の店になります。新品で二万円未満ならこちらにも……イテッ」

案内しようと向きを変えた若者の額に、ぶら下がっていた自転車のフレームが当たった。

「だ、大丈夫？」

「……大丈夫です」

育代が心配そうに手を伸ばす。

若者は顔色ひとつ変えずにそう言った。

「血が出てるんじゃない。あ、その軍手で触らないほうがいいわ。ちょっとしゃがんで。

早く」

育代の勢いにおされ、若者は腰を落とす。

育代がポケットからハンカチを取り出しながら、男性の前髪を上げる。

「血は出ていないようね、これは油汚れかしら……」

育代が男性の額に触れようとした瞬間、「……あ、本当に大丈夫ですから」と若者は弾かれたように体を反らした。

「あ、ごめんね。痛かった？」

「いえ……すみません。ありがとうございます」

そう言って男性は立ち上がり、無愛想ながらもあらためていくつかの自転車を紹介してくれた。二万円未満のものは台数は少なかったが、それ以上になると、色や形や様々なタイプがあり、値段の違いを丁寧に教えてくれる誠実さに好感が持てた。

「へえ、これ可愛いわね。なんだかカタツムリの親子みたい」

育代は曲線的なデザインの一台の自転車を見て、不思議な感想をもらしながら須美子に視線を向ける。

「うーん、どこがカタツムリで、どこが親子なんでしょうか……」

わたしには分かりません——と、正直に答えた須美子に育代はショックを受けたように大げさに「え、うそ！」と言ってから、「見えるわよ。ねえねえ、カタツムリの親子に見えるでしょう？」と若者に話を振った。

急に育代の話に巻き込まれた若者は、ビックリしたような表情で、咄嗟に「あ……ええ、見えますね」と言った。

（あら……）

須美子は若者の表情に驚いた。ずっと言葉遣いは丁寧だったが、無表情というお面を被っているようだったのに、一瞬、顔をゆがめるようにして笑った。

「……おやっさん、俺、作業に戻りますね」

須美子たちが自転車を買いに来たお客ではないと見定めたのか、若者は店主に確認を取ると、須美子たちにぺこりとお辞儀をしてから奥の作業場へ戻った。その顔はまた、さっきまでと同じ、縁日にたくさん並んでいそうな表情だった。

「あら、『おやっさん』って……息子さんかお孫さんじゃないんですか？」

育代が店主に訊ねた。

「いやあ、あんなでかいの、うちの血筋じゃ生まれませんよ」

店主はそう言って奥に目を向ける。須美子と育代もその視線を追うと、若者は大きな体を小さく屈めながら、苦労してパーツを取り外している。腕には細いながらも力こぶがあり、自転車店も意外に重労働なのだなあと須美子は思った。

「ですがダイゴのやつ、子どもの頃はチビだったたって言ってましたけどねえ。名前もがたいも、大きいんだか小さいんだかややこしいヤツですよ――」

「おやっさん、すみません。ここ教えてください」

奥から声が聞こえたのを機に、須美子は「お忙しいところお邪魔しました。どうもありがとうございました」と丁寧に礼を言って、育代を促した。

「また、お越しくださいね」

店主の声に見送られ、水島サイクルを出ると、二人はまたギラギラと照りつける太陽の下を歩いた。

「……ね、育代さん。例の話に出てきた自転車、自分で言っておいてなんですけど、チェーンを切ったからといって新しい自転車を買ってもらえるとは限らないんですよね。まあ、小学生の考えることですから、チェーンが交換できるという発想にいたらず、切ったのかもしれま……あれ……」

不意に須美子の中に、もやっとした雲が生まれた。

「どうしたの須美ちゃん？　顔色が悪い気がするけど熱中症じゃない？　あ、あそこの自動販売機で飲み物を買いましょうよ」

「……え、ええ」

首もとを伝って流れ落ちる汗の気持ち悪さに、須美子は直前の感覚を忘れてしまった。

5

夕食後、リビングでくつろぐ光彦がどこかの地図を広げていた。

「坊っちゃま、まだこれからお仕事ですか？　コーヒーでもお持ちしましょうか？」

「お、いいねえ。頼むよ、須美ちゃん」

須美子はキッチンに行き、コーヒーを一人分ドリップすると、光彦専用のマグカップになみなみと注いでリビングへ戻った。テーブルにカップを置く際、光彦が見ている地図が大分県だと気づいた。

「あら、坊っちゃま、今度は大分にお出掛けになるんですか？」

「そうなんだよ。長崎に続いて、次の号も九州特集なんだ」

光彦がいう次の号とは「旅と歴史」という月刊誌のことだ。フリーでルポライターをする光彦のお得意先である出版社が発行している雑誌で、毎号のようにお声がかかる。「僕は暇人と思われているだけだよ」と光彦は言っているが、編集長の藤田《ふじた》に光彦坊っちゃまが高く評価されているからだと、須美子は信じてやまない。

「今度も歴史関連のお仕事ですか？」

「いや、大分は旅がメインだね。お、そうだ。須美ちゃんはこの温泉の名前、読めるかい？」

光彦は地図を須美子に向けると、「明礬温泉」という文字を指さした。

「メイ……」

「いや、メイじゃなくてミョウだね」

光彦がそうヒントを出してくれる。

「ミョウ……なんでしょう。知らない字です」

光彦の左手の外側には「別府《べっぷ》」の文字があちこちにある。大分といえば、この別府や湯《ゆ》布院《ふいん》だろう。「明礬」というのは見たことがなかった。

だが光彦は「須美ちゃんは絶対知ってるよ。だって、須美ちゃんの口から聞いたことある言葉だから」と言う。

「え、本当ですか？」

「うん、たしかゴボウとかレンコンのあく抜きに使うって言ってたよ」

「……あ、ミョウバンですか？」

「正解」

「へえ、こんな字を書くんですね」

須美子は小さな字に目を近づけて覚えようと指で書いてみるが、三日後には忘れていそうな気がした。

「まあ、明礬なんて漢字で書く機会はめったにないけどね」

光彦はそう言って笑った。

「……あの、坊っちゃま、つかぬことを伺いますが――」

「お、今度は須美ちゃんからの問題かい」

光彦は熱々のコーヒーが入ったマグカップに手を伸ばす。

「いえ、問題というわけではないのですが、伺いたいことがあって。あの、北区に島なんてないですよね」

なんとなく話の流れで須美子は質問してみたが、答えは分かりきっている。

「あるよ」

コーヒーを一口飲んでから光彦は短くそう言った。

「そうですよね……えっ！　い、いま、あるっておっしゃいましたか⁉」

「うん、中之島《なかのしま》のことだろう」

予想外の答えが返ってきて驚く須美子に、光彦は荒川と隅田川が分岐する旧岩淵《いわぶち》水門のところにある島だと教えてくれた。須美子はそのあたりへはまだ行ったことがなかったが、水門のことは耳にしたことがある。

「たしか、赤水門って呼ばれているんでしたっけ？」

「そうだね、新しくできたのが青水門」

「赤羽駅の近くですよね」

「ああ、そうだね。京浜東北線だと赤羽駅が最寄りかな。でも、南北線の志茂《しも》か赤羽岩淵のほうが近いけどね。そうそう、水門の近くにテルメ末広っていう銭湯があってね。広い浴場の壁の絵が――」

光彦が話を続けている最中、須美子の頭には坂上涼二の葉書のことが浮かんでいた。

(たしか、涼二くんが住んでいたのって北赤羽コーポだったはず――)

これは次の休みにその場所へ行ってみなければならないと決心し、何かが見つかるのではないかと期待に胸が膨らむ。

「――それで風呂上がりにウーロン茶を飲んだんだけどさ、やっぱりコーヒー牛乳を腰に手を当てて飲んでみたかったんだよね」

続いている光彦の話に「そうですね」と須美子は適当に相づちを打ちつつ、さらなる期待を込めてもう一つの疑問についても訊ねてみた。

「突然ですけど、坊っちゃまは大きな剣といったら何を思い浮かべますか?」

「ははは、本当に突然だなあ。……そうだなあ。奈良《なら》の富雄丸山《とみおまるやま》古墳で出土した蛇行剣《だこうけん》は、二メートル三十七センチもあったそうだよ。東アジアで最大だっていってなかったかな。その名のとおり、刃の部分が曲がりくねっている剣だそうだけど……それがどうかしたの?」

「――えーと、じゃあ『北区で一番大きな剣』といったらいかがですか？」

「東京の北区だよね？」

「はい」

「ふーむ、北区にも刀鍛冶の職人さんがいたとは思うけど、問題になっているのは刀じゃなくて剣なんだよね？」

「はい」と答えながら須美子は、坂上少年が刀と剣をごっちゃにして言っている可能性もあるだろうかと考えた。刀剣という言葉があるくらいだし、そもそも須美子自身、違いがよく分かっていなかった。なんとなく刀というと侍が使っていた細長く、少し反った形で片側に刃が付いているものの気がする。一方、剣というと日本よりも西洋のイメージが強い。銀色の西洋の甲冑を身に纏《まと》った騎士が、太い両刃の剣をぶんぶん振り回すイメージで、日本刀よりも色々な形がありそうな気がする。

目を瞑り、首を傾げてしばらく唸っていた光彦だが、「うーん、何も思い浮かばないなあ。――これはクイズか何かかい？」と訊ねた。

「え、ええ。子どもたちがそんな話をしていたので、なんのことかなあと思いまして……」

「ふーん。子どもたちか……」

須美子も光彦にすべてを打ち明けて相談してしまいたい衝動に駆られたが、さすがに雅美の悩みを光彦に解決してもらうわけにはいかない。それどころか、こんなことを大奥様の雪江に知られれば、光彦もろともお叱りを受けることは間違いない。

「ぼ、坊っちゃま、お邪魔してすみませんでした。そろそろお二階でお仕事なさってはいかがですか？　それではわたしは片付けがありますので失礼します」

光彦に深く突っ込まれる前に、須美子は脱兎《だっと》のごとくキッチンに逃げ込んだ。

最近、小柳くんがぼくを避けるようになった。

何か悪いことをしてしまったのだろうか。

後ろから話しかけても、振り向いてくれない。まっすぐ、前を向いたままだ。

ふと、視線を感じて横を向くと、岡田がこっちを見てニヤニヤしている。

一番前に座っている青山も気持ち悪い顔で歯を見せている。

後ろからは「キャハ」という変な笑い声が聞こえた。

そういうことかと気がついた。

どうでもいい。

別にどうだっていい……。

そう思っていた次の日だった。

ちょっとだけ寝坊してしまって、いつもより遅く教室に入ったら、「死神がきたぞ」という岡田の声が聞こえた。

黒板にはぼくの名前が大きく書いてあって、その隣にはもっと大きな字で「死神」と書かれていた。

三年生のときに習った漢字。でもそれより早く、ゲームの敵キャラで覚えていた「死神」という文字は、白いチョークで書かれているせいか、骨のようにも見えた。ぼくは黒板の前に立って眺めながら、そう思った。

「嘘つき死神」

青山が笑いながら言った。

「今度はそのカマで何を切るんだよ死神。ほら、お前も死神って言えよ」

岡田はそう言って、小柳くんの背中を叩いた。

「……し、死神……」

目をそらしたまま、小柳くんもその言葉を口にした。

「ぼくは死神なんかじゃない……」

言い返したつもりだったけど、「なんだよ聞こえないぞ。黙ってないで、なんか言えよ、死神」と志水が馬鹿にしたように言った。

違う、違う、違う、違う……。

拳を握りしめて、何度も繰り返したはずだけど、声にはならずぼくの頭の中に響いただけだった。

「しーにがみ！」

「しーにがみ！」

クラスメイトの大合唱から逃げるように、ぼくは教室を飛び出した。

上履きのまま校庭に出て、校門を抜ける。

走って、走って、止まらずに走った。

アパートの手前でスピードを落とし、苦しい呼吸が落ち着くのを待ってから、階段を上った。

「……‼」

鍵を開けて中に入ると、お母さんが見たことのない顔で驚いていた。目を真っ赤にして、ほっぺたが濡れていて、こんな時間にぼくが帰ってきたからビックリしてそうなったんじゃなくて、お母さんはいままで泣いていたようだった。

「が、学校はどうしたの」

お母さんは顔を隠すように向こうを向いて言った。

「なんか、熱があるみたいで……」

ぼくは適当な嘘をついた。怒られるかなって思ったけど、お母さんは「そう」と言うだけだった。

上履きで帰ってきたことを、どう言い訳しようかと考えながら部屋に入ると、お母さんは「だいじな話があるから、こっちへ座って」と言った。

何か所も焦げたあとがある畳の上に正座して、お母さんの顔を見上げる。

「あなたのことを考えて――」

お母さんの話は十分くらい続いた。

難しいところもあったけど、一つだけ分かったことがあった。

それは、みんなが言うとおり、ぼくは死神なのかもしれないということだ――。

第四章　形の変わる島

1

あれから一週間が経ち、今日もまた蒸し暑い土曜日であった。ただ、午後からは雨になる予報が出ている。

昨夜、育代に電話で伝えると、「わたしも絶対行くわよ！」と言い張った。「わたしだって第三土曜日は定休日なんだから、抜け駆けは許さないわよ」とのことだ。第三土曜日が休みだったとは初耳だった。――いや、育代が急に決めたのだろう。

須美子にしてみれば、抜け駆けなどという意識はまったくない。それどころか、現地へ行ってみて無駄骨を折る覚悟だったので、土曜日に一人で行こうとしていたのだ。

なので、申し訳ないと思いながらも須美子は、育代が一緒に来てくれることは正直、心強かった。

ともかく育代と、九時半に東京メトロ南北線の西ケ原駅前で待ち合わせることになった。電車に揺られること六分、光彦から聞いた志茂駅で降り、そこから歩くこと十五分。一段一段が幅広い土手の階段を上ると、そこに目指す「島」はあった。

「家からこんなに近いところに島があったなんて……」

須美子はしばし呆然としていた。

中之島は旧岩淵水門の川中の立脚地として、荒川の中程にぽつんと取り残された格好の島である。厳密には、周囲をぐるりと水に囲まれ完全に孤立しているというわけではなく、旧岩淵水門——通称赤水門の通路が繋がっている。

この赤水門は、隅田川の入り口で水量を調節する役目を担っていた。

現在隅田川と呼ばれている川が本来の荒川で、現在荒川と呼ばれているほうの川は、昭和初期に完成した人工的な放水路だったのだそうだ。明治四十三年に起きた東京市内の大洪水を受けて、隅田川流域の下町を水害から守るため、大規模な掘削工事により、荒川放水路が作られることになった。その起点となったのが北区岩淵にある水門だ。

隅田川への流入を調節し、大規模な放水路のほうへ水を逃がし、海へと排水するための水門であり水路だ。約二十年の大工事を経て、昭和五年に完成したのが、この旧岩淵水門と荒川放水路である。

その後、赤水門の老朽化に伴い、昭和四十八年に新しい岩淵水門、通称青水門が三百メートルほど下流にできたことで赤水門は役目を終え、今は使われていないのだが、現在も市民の憩いの場として、また子どもたちの学習の場として保存されている。

「涼二くんの手紙にあったのは、きっとあの島よ。間違いないわ！　だって海のない北区に、他にどんな島があるっていうのよ！」

無骨に聳える赤水門の向こうを指さし、育代は意気揚々と声をあげる。

土手の上は川風が吹き、見晴らしの良い堤防道路が広がっている。そこを散歩やランニング、時にはサイクリングの人々が気持ちよさそうに風を受けて行き交っている。

二人は顔を見合わせると黙ってうなずき、赤水門に向かって歩みを進めた。

中之島へ続く、水門の通路は壮観であった。石畳に石の欄干。すぐ横にかつて役目を果たしていた朱色の建造物を仰ぎながら渡っていく。

「はあ……ここが中之島ね」

「はい」

興奮した面持ちで感嘆の吐息を漏らした育代に、須美子も感慨深げにうなずく。

中之島は赤水門緑地として整備されていた。

広さは百メートル四方ほどもあるだろうか。高低差もあり、ベンチが置いてあったり、木陰で川風に吹かれたりと、公園としても大変気持ちのよい空間であった。

「でも、形が変わる島ってどういうことなのかしらねえ。護岸工事もしっかりしているみたいだし、少しずつ削り取られて島が小さくなっているなんてことはないと思うんだけれど……」

　育代は不思議そうに川縁に寄っていっては、また戻ってくる。

　しばらくそうしていたが、やがて考えるのに飽きたのか、石でできた椅子に腰掛け、

「ああ気持ちいい風」と、帽子を脱いでのんきに水鳥を眺めている。まるでリゾートにでも来ているようではないかと須美子は呆れてしまった。

　須美子のほうは島を一回りして、大きな石碑を見つけた。

「育代さーん、見てください、これ」

「なになに」

　育代は椅子から腰を上げて近づいて来て、四、五メートルくらいはありそうな石碑の正面に立った。

「あら、こんな島に似つかわしくない大きな石碑ね。なんの碑なの？」

「えーと、『草刈の碑』？　不思議な名前の石碑ね。『農民魂は先ず草刈から』ってどういうことかしら」

「あ、これ、『全日本草刈選手権大会』の記念碑だそうですよ」

　須美子が言うと、育代は鼻で笑って応じない。

「ふふふ、須美ちゃんったら。『全日本餅つき大会発祥の地』の次は、『全日本草刈選手権

大会』だなんて、もう騙されないわよ」

「育代さん、今回は本当なんです……」

須美子は石碑の足元から手招きして育代を呼んだ。

「え、嘘！」

「草刈の碑」は昭和十三年から十九年の間、『全日本草刈選手権』が開催されたことを記念する石碑なのだそうだ。

由来記によれば、「男女青年団農学校壮年団と四組に分ち、全国に亘って町村大会郡大会都道府県大会と選手を選抜し、最後に全日本草刈選手権大会を昭和十三年八月より此の地に前後六箇年開いた。鎌を競う選手四万余名、熱戦各二時間に亘り両岸に観衆溢れ旗指物なびいて一世の壮観であった。」――のだそうだ。

「へえ、こんなことがあったなんて、ちっとも知らなかったわ」

「草刈り鎌も、剣と同じく刃物ですよね……」

「あ、そうね。文通の葉書にもカマって言葉があったわね。えーと……」

「『死神だから、剣じゃなくて本当はカマで切ったんだろう』ですね」

「そう、それ。さすが須美ちゃん、よく覚えているわね。じゃあ、やっぱりこの島が『形の変わる島』で、カマは草刈り鎌のことなのかしらね。……うーん、でも……」

「はい。『北区で一番大きな剣』と何がどう関係しているのか……」

「まだ謎が残ってるということね」

そう言うと育代は両手を後ろに組んで碑の周りをぐるぐると歩きだす。そして、三周目に突入したときだった。

「ん？」

育代はぴたっと足を止めると、今度は石碑から少し離れ、振り返る。

「ああっ！　大きい剣って、こ、これのことじゃないの！　須美ちゃん、こっち来て！」

叫ぶような育代の声に、須美子は慌てて駆けつける。

「えっ⁉　……あ、なるほど！」

隣に並んで、須美子は育代が見つけたものの正体に気づいた。

育代のいう大きな剣とは、石碑そのものだった。

石碑は石の土台の上に乗っているのだが、その土台が剣の柄に見えなくもない。そして、よくみると石碑は角度によって光に輝き、研ぎ澄まされた刃文のような柄が浮き出て見えるのだ。

「剣っていうか日本刀のほうが近い気もするけど、小学生ならどっちも同じようなものでしょう？　まあ持ち手の部分がないのも気にはなるけど、土の下に埋まっていると考えればいいと思わない？」

「すごい発想ですね育代さん！」

ちょっと強引な部分もある気はするが、須美子は素直に感心してみせた。

「ああ、やっぱり手紙に書かれていたのはここのことなのよ。よしっ！　あとは、この島の形が変わるかどうかねえ」

「たしか、土手の向こうに『知水資料館』っていうのがありましたけど、行ってみましょうか」

「そうね。もしかしたらそこで、この島の謎もすべて解けるかもしれないわね。さあ、行ってみましょう！」

意気揚々と胸を張って、赤水門の通路をずんずんと戻って行く。

須美子はそんな育代を慌てて追いかけた。

2

荒川知水資料館、通称「ａｍｏａ」。

土手のすぐ脇にあるこの施設は、国土交通省の管轄で、荒川下流河川事務所が運営している見学施設だ。入り口上の壁面に「ＡＲＡＫＡＷＡ　ＭＵＳＥＵＭ　ＯＦ　ＡＱＵＡ」と書かれているが、「ａｍｏａ」とは、その頭文字をとって名付けられたのだろう。

白を基調にした三階建ての資料館は、一部がガラス張りの開放的な空間であった。中は適度に空調が効いていて、火照った肌を冷やしてくれる。

入館は無料だった。入ってすぐ、足元から壁にかけて航空写真が広がっていた。「荒川流域航空写真図」と片隅に書かれている。床一面とは言えないまでも、十メートル近くあるのではないだろうか。奥のほうまで繋がっていて、その上を歩けば自分が巨人にでもなった錯覚に陥りそうだ。

見所はたくさんありそうだったが、とにもかくにも二人は知りたいことを優先すべく、スタッフに訊ねてみた。

「――ええ、青水門の運用開始後、赤水門の立脚地として中之島ができましたので、形が変わったかと言われれば、そのとおりですね」

そう言ってスタッフの男性は奥のスペースに案内してくれた。そこには「岩淵水門周辺の移り変わり」という写真があり、島の形が変わった様子が実感できた。

「須美ちゃん！」

「はい！」

須美子たち二人が興奮する様子に気圧《けお》されながらも、スタッフの男性は「それに洪水のときにも、水位が上昇するので島の形は変わりますね。これは中之島に限ったことではなく、河川敷や土手などにもいえることですが」と教えてくれた。

二人は何度も「ありがとうございます」と礼を言って男性スタッフに背を向けたが、折角来たのだから展示を見せていただこうと回れ右をした。

「台風や洪水って想像以上の破壊力なのね」

育代も須美子も本来の目的を一時忘れ、治水に関する様々なことを学んだ。

また、治水にまつわることだけでなく、荒川で見られる野鳥や昆虫に魚の水槽、さらにはシアタールームまであり、全部をしっかり見ようと思ったら、一、二時間では足りないかもしれない。土曜とあって、館内には子ども連れの家族や、子どもだけで見学に来た団体も見受けられる。須美子たち二人も童心に返って、大いに学び、楽しむことができた。

三階は屋外スペースにも出られるようになっていて、荒川流水模型なる大型の展示があった。ボタンを押して、川の流れを観察したり、水門や堤防の機能を体験学習することができるようだ。

「こんな面白そうなの、健太くんたちが一緒だったらきっと大はしゃぎね。すぐに押してるわよこれ」

そういう育代もボタンを押したくて、うずうずしているように見えた。

広いバルコニーのようなその場所は、手すりで囲まれてはいるが、遠くの街まで望める眺望も抜群だ。眼下には、光を浴びて銀色に輝く川が伸びている。

「いい眺めですね」

「本当ね……あっ！」

育代が突然駆け出したので、須美子は驚いてその行く先を目で追った。

手すりにもたれて景色を見ていた男性のキャップが、風に煽られたらしい。こちらへ転がってきたのを育代がうまく捕まえる。

「はい、ナイスキャッチ！」

自分でそう言うと育代は帽子の埃を払い、顎髭を生やした男性のもとへ駆け寄って行った。

「ああ、すみません。ありがとうございます」

サングラスをかけた男性は丁寧に頭を下げて、育代から星の刺繍が入った黒いキャップを受け取ると、長い髪をまとめながら、しっかりとかぶり直す。襟ぐりの開いた白いTシャツの胸元に、シルバーのチェーンアクセサリーがチラッと見えた。

「素敵な帽子ですね。――お一人でいらしてるんですか？」

人見知りをしない育代は、早速その男性に話しかけている。

須美子は、このあいだ「北とぴあ」のカフェで見かけた男性に雰囲気が似ているなと思いつつ、少し離れた場所で待機することにした。

「はい。近くに住んでいるので、よく息抜きに来るんです」

青年のほうも、見た目と違って……というのは失礼かもしれないが、育代の質問に愛想良く応えている。

「わたし、さっきまで中之島にいたんですよ。知ってました？　北区にも島があったっていうこと？」

「ええ、赤水門の向こうですよね」

青年は振り返って指を差す。

「あら、ご近所の方はやっぱりご存じなのね。えーと、青水門は見えないのかしら」

敬礼でもするように育代は目の上に右手を当てて、探している。

「あの端から見えますよ」

青年に促され、入り口から一番遠い場所にある手すりから育代は身を乗り出して右手を見る。

「あ、本当だわ。あの青水門の先が荒川よね」

「いえ、青水門の先は隅田川です」

左手の上流から流れてくる荒川は目の前の中之島の横で、二本に分かれている。手前の青水門に続く細い川は、ここから隅田川になる。

「あら、そうだっけ？」

「ええ、二階の展示に書いてあったと思いますよ」

「たくさん展示があったから忘れちゃったわ。年寄りは物忘れがひどいのよ」

「まだ、お若いじゃないですか」

「うふふ。お世辞でも嬉しいわ。じゃ、お邪魔しました」

青年に手を振って育代はいそいそと戻ってくる。

「いい若者だったわね。ちょっと野性的なところが素敵ね。須美ちゃんのお相手にどうかしら」

「え！　突然何を言い出すんですか。あの方、まだ二十歳そこそこだと思いますよ？」

「そうかしら。でも、六つか七つしか違わないじゃない。しっかりしてるし、愛想も良いし、良い感じだと思うんだけど……」

育代にそう言われた須美子の脳裏に、一瞬、光彦の顔が浮かんだ。三十三歳の光彦と須美子はまさに六つ違いだ。だが、六つ上と六つ下では全然違う。

「もう、育代さんたら……そんなつもりで長話してたんですか？」

「ふふふ、冗談よ、冗談！　さあ、目的も達成したし、そろそろ帰りましょう」

育代の言動はどこまでが冗談か分からないところが恐ろしい。

ふと視線を感じて振り返ると、青年がこちらを見て小さく頭を下げた。須美子も同じように返しながら、先に室内に戻った育代のあとを追いかけた。

「ねえ須美ちゃん。折角来たんだからもう一度だけ土手の上から北区の島を見ていきましょう」

知水資料館を出たところで、育代はそう提案してきた。

「ええ、いいですよ」

帰り道とは反対方向——といっても、土手まで二、三十メートルほどの距離しかない。須美子としても、もう一度、島の姿を目に焼き付けることに異論はなかった。

「島、見つかって良かったわね」

「そうですねえ」

二人は階段をのぼり、あらためて前方を眺める。育代は右手で望遠鏡を覗くようなポーズを作ったまま、両足を開き左手を腰に当てている。満足げな表情で何度もうなずいてみせるその様子は、新大陸を発見したコロンブスのようだ。

その間にも、土手の上には何人もの人が行き来しているが、育代に気づくと、一様にくすくす笑いながら通り過ぎていく。隣に立つ須美子は三下の乗組員とでも思われているかもしれない。

「あら！　あの人、どこかで……」

望遠鏡を左に向けて育代が首を傾げる。

育代が視線を向けているのは、流線型のヘルメットをかぶり、本格的なロードバイクにまたがった男性のようだ。両足を地面に着けて、水分補給をしている。

「誰だったかしらね……あ、分かった！　こんにちはー」

育代が大声で呼びかけながら近づいていく。

「……え？　ああ、どうも——」

驚いた表情を浮かべた男性の反応は至極曖昧だ。「誰だったかな」という心の声が聞こえてきそうな顔だ。かくいう須美子もその声に聞き覚えがある気はしたが、思い出せない。

「このあいだ、名主の滝公園でお会いしましたよね。お久しぶりです」

「ああ！　えーと、たしか小松原さん……でしたか。お花屋さんの？」

須美子も思い出した。姪っ子と散歩に来ていた男性だ。しかし、一週間前に一度会ったきりなのに「お久しぶり」というのは、なんだか育代らしい挨拶な気がした。たしか男性の名前は——。

「あら、覚えていてくださっていたんですね。嬉しいわ、江夏さん」

「……えっと。江川です」

「あら、やだごめんなさい。どっちも剛速球だから間違えちゃったわ」

育代が顔を赤くする。

「いえいえ。あ、このあいだご一緒だった方ですよね？　今日もお散歩ですか？」

江川は後ろにいた須美子にも気づいたようだ。須美子は小さく会釈する。

「ええ、そうなんです。島を見に来ました」

「ああ、中之島ですか」

「あら、ご存じなんですね」

「昔、来たことがありまして。でも、東京のこんなところに島があるなんて珍しいですよね」

子どもの頃は北区に住んでいたといっていた江川は、もしかすると、このあたりに住んでいたのかもしれない。

「そういえば、今日はカナコちゃんは一緒じゃないの？」

育代は姪っ子の名前はきちんと覚えていたようだ。

「はい、今日は姉がちゃんと母親をしていますので」

「ふふ、そうなのね。あ、ごめんなさい、話し込んじゃって」

「いえ、それでは、またどこかで」

江川はそう言って須美子にも会釈してから、自転車のペダルを漕いで颯爽と去って行った。その姿を見送りながら、須美子は育代に訊ねた。

「それにしても育代さん、よく分かりましたね。名主の滝公園でお会いしたときと雰囲気が違ったので分かりませんでした」

「ふふん、すごいでしょう。これでも客商売を長いことやっているんですもの。一度お会いした方は忘れないわ」

得意げに胸を反らす育代に、須美子は「その割には名前を間違えていませんでしたか」

と突っ込むことはやめにしておいた。

3

「ええと、それで、どういうことなのかしらねえ……」

「はい、どういうことなんでしょう……」

地下鉄の駅に向かう道すがら、もう三度目のやりとりだった。

中之島という大発見を経て、これで一気に謎が解けるかと思っていたのだが、二人の思考はそこで行き詰まっていた。

雅美の依頼は『北区で一番大きな剣』と『形の変わる島』がなんなのか知りたいということだ。だから、〈北区の形の変わる島〉が中之島で、〈北区で一番大きな剣〉が草刈の碑だと思う——と伝えれば、任務を完遂したことになるのかもしれない。

けれど、育代も須美子も、それが手紙の文脈的に、他のこととどう繋がるのかまでを知りたかったし、雅美にも伝えてあげたかった。


〈形が変わる島は、北区で一番大きな剣の先が切ったのかもしれません〉

涼二の手紙に書かれていたこの言葉。今日、発見した事実を当てはめてみると、〈中之島は、草刈の碑の先が切ったのかもしれません〉ということになる。
それに――。

〈ぼくのせいで見えないクサリも切れちゃったから〉


これはどういう意味なのだろうか？　あと一歩のところまで来た気がするのだが、須美子の胸の内で、ざわざわするものがある。

（なんだろう、何か間違っているのかしら……）

「あ、須美ちゃん見て、あそこにも水島サイクルっていうお店があるわ。このあいだのところと姉妹店なのかしら……あら、あの人？」

育代の視線の先を追うと、一八〇センチを超えるひょろっとした体型に須美子も見覚えがあった。雅美の家の帰りに立ち寄った「水島サイクル」で働いていた若者だ。たしか「ダイゴ」と呼ばれていたのではなかっただろうか。

ダイゴは店から自転車を運び出し、軽トラックの前に並べている。遠目からも中古の自転車だということが分かる。そういえば、中古の自転車の修理もしていると言っていた。ここから、このあいだの店に運んでいくのかもしれない。

「あんなに積めるのかしら?」

店から出したのは七台の自転車だった。ダイゴは自転車を担ぎ上げると、次々と軽トラの荷台に載せていく。

「すごいわね。あの細い体で、軽々持ち上げるのね」

ダイゴはあの日と同じく無表情で、黙々と作業を続けている。だが須美子には、それは余裕というより、どこか生気がないように感じられた。細い体に長い手足と合わせて、まるで——。

「水島サイクルってチェーン店だったのね。自転車屋だけにチェーン店……ふふふ、どう、須美ちゃんいまの?」

育代に話を振られて、須美子はハッとした。

「え、ああ、すみません、ちゃんと聞いてませんでした。もう一度お願いします」

「……二回言うのは恥ずかしいわね」

「えーと水島サイクルがなんとかって……あ、水と島……」

「どうかしたの?」

「いえ。さっき、知水資料館でスタッフの方から、水位が上昇すると島の形が変わるって聞いたじゃないですか」

「ああ、言ってたわね」

「全然関係ないかもしれないんですけど、ふと、水自体も形が変わるなって思ったんです」

「どういうこと？」

「水って固体や気体になりますよね」

「そりゃあ冷やせば氷になるし、熱すれば水蒸気になるわよ。……でもそれをいうなら、水道から落ちる滴や雨の形だって、見る角度によっても少しずつ違うんじゃないの？」

「……ああ、そうですね……」

関係ないか――と、須美子がそう思ったときだった。

突然、ガシャンという音がして、積み終わっていない自転車が雪崩のように倒れた。

――いや、倒されたらしい。

倒れた自転車の横に、黒いタンクトップを着た体格のいい男性が、ニヤニヤしながらポケットに手を突っ込んで立っている。その後ろには背の低い二人の男性がいた。金髪の男性は腹を抱えて「キャハハハハ」と甲高い声で笑い、もう一人はスマホを向けてその悪戯を撮影しているようだ。

ダイゴが無言で倒された自転車を起こすと、それがまた倒された。

「ちょっと、あの子たち、何やってるのよ！」

育代が飛び出していきそうになるのを須美子が慌てて押さえた。

「少し様子をみましょう」

女二人が向かったところで敵うわけがない。なにより、育代に怪我をさせるわけにはいかないと須美子はぐっと堪えた。

「……………」

ダイゴは何も言い返さずに再び倒れた自転車を起こした。すると今度は、体格のいいタンクトップの男が、自転車の後輪に向かって勢いよく右足を蹴り出した。

「うっ……」

咄嗟に自転車をかばうようにしたダイゴの脇腹に大きな足が当たった。先ほどよりも大きな音がして、自転車ごとダイゴが倒れた。さすがに須美子も飛び出そうとしたが、そのとき店の中から、女性が顔を出して「け、警察を呼ぶわよ！」と叫んだ。

「おばさん、おばさん」

金髪の男性が呼び止め、「コイツと俺ら友だちなんスわ。なあダイゴ」と言った。

「そ、そうなの……？」

女性がおびえながらダイゴに問いかける。

「……………」

ダイゴはしばらく考えてから、「いえ……友だちじゃありません」と吐き出した。

「な、てめえ、小学校からのダチだろうが！」

金髪の男性が語気を荒らげて、ダイゴの前に近づく。

「……僕は一度も……おまえたちを友だちだなんて思ったことは……ない！」

そう言って勢いよく立ち上がったダイゴは、金髪の男性の頭頂部越しに、体格のいい男性に目を向けた。この距離からでも分かる、射るような視線だった。

誰も喋らない時間が流れた。

「……ちっ、お前もう二度と遊んでやらねえからな」

根負けしたように目をそらした男性がそう言い捨てて去って行く。そのあとを、二人の男性が金魚のフンのように追いかけていった。

「大丈夫だったかしら……」

育代が心配顔でつぶやく。須美子もごくりと唾を飲み込んで、立ちつくすダイゴを見つめた。

「怪我はない？」と心配そうに問いかける女性に、ダイゴは「はい。もう来ないと思いますので」とどこかスッキリしたような顔で微笑んだ。

このあいだ育代に自転車の形を聞かれ、笑ったときの表情に似ている――。須美子はふとそんな気がした。

「中之島と草刈の碑……島、島、石碑、島、石碑」

育代は首を左に右にと動かしながら、呪文のように唱えている。

地下鉄のホームでも電車の中でも、育代と須美子は考え続けた。いつもなら一分と空くことなく会話が続く二人にしては珍しい。大きな発見があったからこそ、その先が見えないもどかしさを感じてしまう。気がつけば、西ケ原駅に到着していた。

4

時刻は十一時を回っている。

地下鉄の階段をあがると、空はだいぶ雲が増えてきていた。

「あれ、須美子姉ちゃんと育代おばさん！」

地下鉄の入り口で声をかけてきたのは木村健太だった。

「あら、健太くん。どこへ行くの？」

「コンビニでお菓子を買ってきたところ」

健太はすぐ横のコンビニエンスストアを指さす。

「ここでないと売ってないお菓子があるんだ」

「そうなの。あ、そうだ健太くん、ケーキの約束いつにする？」

育代が言った。

「あ、忘れてた。お兄ちゃんも一緒に行っていい？」

「もちろんよ」

「じゃあ、帰ったら相談するね」

「分かったわ。どんなケーキがいいかも考えておいて……あ、危ない！」

育代が健太の体を引き寄せる。その前を猛スピードの自転車が通り過ぎていった。もしも、ぶつかっていたらと思うと、須美子のこめかみに冷や汗が浮かんだ。

「ああ、びっくりした。ありがとう育代おばさん」

健太が小さな手で頭の後ろをかきながら育代に礼を言う。

「あ、そうか！」

不意に須美子がつぶやいた。

「どうしたの須美ちゃん」

「いえ、先日、自転車屋さんに寄ったあとで何かが引っかかっていたんですけど、いまようやく分かりました」

「『どうしてチェーンを修理せずに新しい自転車を買ってもらえたか』っていう話？」

「いえ、別の疑問です」

あの日、須美子は水島サイクルをあとにして歩き出したとき、心にもやっとした雲が現れたのだが、すぐに消え去ってしまい、そのまま忘れていた。それをいま思い出したのだ。

「なんの話?」と健太は首を傾げる。

「健太くん、日下部さんから聞いたんだけど、『空飛ぶハサミ』って噂があったでしょう」

須美子は前屈みになり、健太に視線を合わせる。

「うん」

「あれって、健太くんと同い年の男の子の自転車よね」

「そうだよ。ゴーちゃんの自転車」

「ゴーちゃんは、自分でチェーンを切ったのかしら?」

須美子が問いかけると、健太が答えるより先に「自作自演ってことだったんだからそうよね」と育代が言った。

「じさくじえん? なにそれ? ゴーちゃんはゴー兄ちゃんに頼んで切ってもらったって言ってた」

「え?」

育代は驚くが、須美子は「やっぱり」とうなずいたあと続けた。

「小学二年生の子が、自転車のチェーンをそう易々と切れたのかなと思いまして」

「あら、たしかにそうね。ハサミじゃ無理よね。ペンチでも切れるかどうか……」

「チェーンカッターなどの工具を使えばなんとかなるかもしれませんが、八歳の男の子が使うのは違和感があります」

「あ、それそれ、チェーンカッター。かっこいい名前のやつ。ゴー兄ちゃんって名前もかっこいいし、すごいんだよ。チェーンカッターも持ってるし、それにチェーンだけじゃなくて、なんでも切ることができるんだって言ってた」

健太は自分のことのように「ゴー兄ちゃん」の自慢をする。

「健太くん、日下部さんに『空飛ぶハサミ』のことを話したとき、ゴー兄ちゃんのこと教えた？」

「うーん、聞かれなかったから言ってないかな。日下部のおじさんには、ゴーちゃんが新しい自転車をもらって喜んでたって話したんだ。そしたら、『チェーンを切ってもらったのかい』って聞かれたから、そうだよって教えてあげた」

そういうことか——と須美子は理解した。日下部は「ゴーちゃんが自分でチェーンを切って、新しい自転車をもらったのか」という意味で訊ねたのだろう。だが、健太は、「自転車のチェーンは誰かに切ってもらったのか」と聞かれたのだと思い、肯定したのだろう。

「ゴー兄ちゃんもね、ぼくと一緒で引っ越して来たんだって」

健太は母親が亡くなり、父親の子育ての方針で都心から、父と兄と一緒に引っ越して来たのだ。自分と同じ境遇だと知り、健太は、よりゴー兄ちゃんに親近感を抱き懐いているのかもしれない。

「へえ、そうなの。あ、そういえば、このあいだ、西ケ原の児童遊園で健太くんが待ち合わせしてた子がゴーちゃんよね」

「そうだよ」

「ゴーちゃんはどこから引っ越してきたの？」

育代が楽しそうに話す健太に訊ねる。

「え？　ゴーちゃんはずっとあそこのお家に住んでるよ。引っ越してきたのはゴー兄ちゃんとお母さんだよ」

「……ん？　どういうことかしら……おばさん、なんだかよく分からなくなってきちゃったわ。えーっと、ゴー兄ちゃんとゴーちゃんのお母さんだけが引っ越して来たってことは、再婚なさったのかしらねえ？」

「さいこん？」

「……ゴーちゃんとゴー兄ちゃんは兄弟なのよね？」

「違うってば、ゴー兄ちゃんはゴーちゃんのお兄さんじゃないよ。ゴーちゃんのゴーとゴー兄ちゃんのゴーは違うじゃん。ゴーちゃんのゴーは豪太《ごうた》のゴーで、ゴー兄ちゃんはゴボウじゃなくて……えーっと、とにかく数字の五なんだもん」

「え？　え？　どういうこと？」

育代はますます混乱してしまったらしく、須美子に目で助け船を求めた。

「たぶん、健太くんのお友だちは豪太くんでゴーちゃんというあだ名。それとは別に、ゴー兄ちゃんの名前にも数字の五がつくってこと……じゃないでしょうか」

「そうそれ！　もう、育代おばさんはどうして分からないの」

「そうだったのね。ごめんね、健太くん。育代おばさんったら馬鹿ね。えーと、健太くんの同級生が、豪太くんね」

「そう。横尾《よこお》豪太くんっていうんだ。ゴーちゃん家は、うちのアパートと違ってこんっなにおっきくてお金持ちなんだ」と健太は精一杯両手を広げて大きさを表現してみせた。

「だからね、マンションも持ってて、ゴー兄ちゃんの部屋も用意してあるんだよ。ぼくも何度か遊びに行ったことがあるんだ。ゲームがすっごくうまいんだよ」

「へえ、そうなの」

「あ、育代さん。お金持ちの横尾さんって、日下部さんのお友だちが管理人しているマンションの持ち主さんじゃないですか？」

「ああ、きっとそうね！　そういえば妹さんの部屋も用意してあげたって言ってたじゃない。つまり、ゴー兄ちゃんと豪太くんは従兄弟ってことね」

須美子と育代は、二人で大人の話をして顔を見合わせた。

しかし健太はそんな二人に構うことなく、自分だけが知っている情報を得意げに披露する。

「あ、でもね、ゴー兄ちゃんはお金持ちじゃないって言ってた。ゴーちゃんの新しい自転車も安くてよかったって笑ってたし……でも、いいなあ。ぼくも高くなくてもいいから自分の自転車ほしいなぁ……あっ！　いけね、ぼく十一時半までに帰るってお父さんに言ってたんだ」

そう言うと、「じゃあね」と健太は元気よく駆け出していった。

「あ、いけない、わたしも昼食の準備があるんでした」

須美子はそう言って口元に手を当てた。

「でも今日は土曜日よ」

「はい。本当は一日休んでいいと言われているんですけど、どうしても気になってしまって……」

「須美ちゃんらしいわね。じゃあ早く帰って差し上げて」

「はい。育代さん、今日はありがとうございました」

ぺこりと頭を下げ、手を振る育代に小さく振り返してから、須美子は駆け出した。

5

浅見家の裏口で「ただいま戻りました」と息を切らし声をかけたのが、十一時半。

靴を脱ぎ、自室に荷物を置きエプロンをつけて、キッチンからリビングを覗くと家がしんと静まりかえっている。もしかしたら、また全員出掛けているのかもしれない。

そこへ光彦があくびをしながら顔を覗かせた。

「ああ、おはよう、須美ちゃん」

「坊っちゃま、もうお昼ですよ」

「ははは、じゃあこんにちはかな」と言いながら寝癖のついた頭をかいている。

「もう……あ、何かお作りしましょうか」

「ん？　ああいいよ、今日は土曜日だし須美ちゃん、お休みじゃないか」

「いえ、わたしもこれから昼食の予定ですので、簡単なものでよろしければ坊っちゃまの朝食も一緒にお作りしますよ」

「じゃあお言葉に甘えてブランチをお願いするよ」

光彦によると、今日は浅見家の家族は皆、出掛けているらしい。それを聞いて二度寝を決め込んだのだと、光彦は面目なさそうにまた頭をかいた。

須美子は光彦のためにフレンチトーストとソーセージとサラダとコーヒーを手際よく用意し、ダイニングに並べていく。光彦が食べ始めたあと、須美子は自分用にうどんを茹でた。昼食は冷やしたぬきとサラダにすることにした。

「休みの日くらい、こっちで一緒に食べればいいのに」

光彦がキッチンの片隅にあるミニテーブルに箸とグラスを並べている須美子に声をかけた。須美子はいつも、ここか自室で食事を摂っている。

ダイニングテーブルは浅見家の人たちの食事の場であり、お手伝いという立場の自分がそこにお邪魔するわけにはいかない。光彦だけでなく、雪江も今の時代、そんなことを気にしなくてよいと言ってくれるのだが、須美子が甘えをなくすためにも、けじめをつける意味でも、自分自身を戒めて決めていることの一つだ。

「いえ、ここのほうが落ち着きますので」

「そうかい？　お、それも美味しそうだね」

自分のブランチを食べ終えたはずの光彦が、須美子の冷やしたぬきうどんに顔を近づける。

「坊っちゃまのもお作りしましょうか」

「うーん食べたいところだけど、腹一杯になりすぎるとこのあと眠くなっちゃうからね。午後は執筆する予定だし、今度また、お願いするよ」

さっき起きたばかりのはずなのに、昼寝の心配だろうかと須美子は呆れた。

「ああ、そうだ須美ちゃん。このあいだのクイズだけどさ」

「……クイズ？」

須美子が首を傾げると、「北区で一番大きい剣ってやつ」と光彦は得意そうな顔を作った。

「あっ」

光彦に話していたことを忘れていた。

「子どもたちが話してたって言ってたよね？　だとすると、多分だけど答えが分かった気がするよ」

先ほど答えを見つけたので、もう結構ですとは言いづらいなと思いながら須美子は、

「ちなみにそれって、五メートルくらいの大きさですか」と訊ねてみた。

「そんな小さいものじゃないよ」

「えっ！」

「僕の思いついた答えを言ってもいいかい？──」

「ちょ、ちょっと待ってください！　……もう少し自分で考えてみます。あ、でも二つだけお聞きしてもいいですか。えっと、それは刀じゃなくて剣でしょうか？」

「もちろん、あの形は剣だね。もう一つは？」

須美子は光彦が「そんな小さいものじゃない」と言ったとき、呆れたような顔をしていたので、まさかと思いつつ訊ねてみることにした。

「それって、このお宅よりも大きかったりします？」

須美子は十メートル近くはあるだろう二階家の浅見家を例に出してみた。

「比べものにならないね」

そう言って光彦はニヤリと笑った。


食後、須美子は片付けを終えると自室に戻って、狭い部屋の中をぐるぐると歩き回った。食事をして、消化のためにエネルギーを使っているので、頭が働かない。

ぐるぐる、ぐるぐると歩く内、お腹もだいぶ落ち着いてきた。

「北区で一番大きな剣は中之島の石碑じゃない……」

育代と共にたどり着いた答えが、正解ではなかった。いや、厳密にいえば光彦の答えを聞いていないから、その可能性があるという段階だ。だが、光彦が導き出した答えが正解に違いないという確信を須美子は持っていた。

(坊っちゃまは本物の名探偵だから……)

育代にもてはやされているだけのニセモノの名探偵と違い、光彦は実際に本当の難事件をいくつも解決してきているのだ。だから、名探偵である光彦に答えを教えてもらえば簡単な話だ。けれども、須美子の裡に自分でも不思議な感情があった。

——名探偵に負けたくない。

そんなことを考えること自体おこがましいことは分かっている。分かってはいるが、悔しいという思いが須美子の体中を血液のように駆け巡っている。

「わたしは名探偵なんかじゃない。でも——」

須美子は顎に人差し指を当てて、「一番大きい、一番大きい」と言いながら部屋の中をなおも歩き回った。

そして、ふと窓の外、隣の家に目を向けて立ち止まる。

「大きさの判断をするために、この家より大きいかってお聞きしたけど……まさか、北区で一番大きな剣って、剣の形に見える建物だったりして？」

石碑がありなら、そう考えるのだって、子どもならではの発想ではないだろうか。育代が「大きな剣は電車ではないか」と言ったとき、須美子自身、そういうのもあり得るかもしれないと思っていたのだから——。

よしっ——と、須美子はその突飛な方向に考えを進めてみることにした。

「もしそうだとして、北区で一番大きい建物ってどこだろう。……あ、『北とぴあ』かしら？」

先日、育代と雅美と共に上った十七階建ての建物を思い浮かべる。

「あ、でも、たしか三十階建てくらいの高層マンションが北区にできたって聞いた気がするわね」

須美子はリビングに置いてあった東京の地図を自室に持ってきて、文机の上に開いた。

その前に正座して細かい文字を一つ一つ読み進めていく。

「うーん、どこだったかしら。あ、でも雅美さんが文通してた十二年前に、一番大きくなくちゃだめなのよね。それに――」

先ほどまでの意気揚々とした気分が一転、窓の外に見える空のように曇った。

「――もし建物だったとしても、結局、石碑のときと同じで、それが鎖を切ったっていうのはどういうことなのか分からないのよね……」

須美子は地図と目を閉じると、再び人差し指を顎に当てた。

「こういうときは発想の転換よね」

光彦からよく言われている言葉を思い出した須美子は「そもそも剣じゃなくてもいいから、北区で一番大きいものって何かしら？」と考えてみることにした。

商店街の風景、育代と歩いたモチ坂や名主の滝、山手線の踏切にゴルフボール、赤水門、青水門、中之島、知水資料館――。

ここ数日の間で見た景色を思い返し、想像を巡らせていたそのときだった。

「――!!」

大きな剣が見えた気がした。

全身がすーっと冷えていき、鳥肌が立つような感覚が全身を這い上がってくる。

須美子は目を開けると、緩慢な動作で地図をめくっていく。

「あった……」

中之島を目にしたとき以上の感動だった。育代が新大陸を発見した航海士なら、今の須美子は新しい惑星にたどり着いた宇宙飛行士といえるかもしれない。

〈形が変わる島は、北区で一番大きな剣の先が切ったのかもしれません〉

須美子を苦しめた涼二の手紙の文言が頭に浮かんだが、須美子は迷うことなく、再び別のページを開き、目的の場所を見つけた。

「これだわ――」

ある一点に人差し指を載せた瞬間、行ったことのないはずのその景色が、須美子の小さな部屋に広がったような気がした。

「ああ……」

それは不思議な感覚だった。

先ほどは意識的にこの数日間を思い出していたのだが、今の須美子の頭には勝手に、いくつかのピースが浮かんでいる。

『ねえ、須美ちゃん。「トモシオ」って知ってる?』

『えー、そんなの飛行機に見えないよ。それよりぼくのはね――』

『♪ふーん、ふふ、ふんふん〜』

『このあいだ書いたことを友だちに話したら笑われました。それにクサリを切ったのはおまえじゃないかとも言われました』

『台風や洪水って想像以上の破壊力なのね』

『水道から落ちる滴や雨の形だって、見る角度によっても少しずつ違うんじゃないの？』

いくつもの断片がぐるぐると回り、やがて繋ぎ合わさっていく。そうして須美子は、一つのストーリーを組み立てることができた。

「こんなことが実際にあるのかしら……。こんなの、あくまで一つの可能性の話でしかないし、わたしが勝手に作った、ただのフィクションかもしれない――」

名探偵でもなんでもない須美子は、自分の着想に自信を持つことができなかった。けれど、自分にできることがあるのなら――。

「この場所に行ってみよう――」

お父さんとお母さんが離婚することになった。

ぼくはお母さんと一緒にアパートを出て行くことになり、同じ北区内だけど転校することになった。

四年生の途中まで通った学校の最後の日。

机の中やロッカーの中のものをかき集めて、手提げ袋にしまう。三か月間過ごした四年二組の教室のドアに手をかける。これが、ここに来る最後だと思うと、少しだけ淋しかった。

振り向いて眺めた黒板には、今日は何も書かれていない。

職員室で担任の先生に挨拶をして、上履きを袋に入れてから校庭に出る。

グラウンドで、偶然、クラスメイトたちがサッカーをしていた。

気づかれないようにうつむいたまま校庭の縁を回って校門を目指すと、視線の先にボールが転がってきた。無視して通り過ぎると、後ろから「坂上くん」と名前を呼ばれた。

振り返ると、小柳くんがボールの前でこっちを見ていた。

「……坂上くん、ご、ごめ——」

「おいチビ！」

見なくても分かる。体格のいい岡田の声だ。ヤツに呼ばれた小柳くんは、唇を噛みしめるとボールを持って駆け出していった。

「おまえ、ハンドだぞ」

出席番号一番の青山の声もする。

「きゃははは」

ぼくの後ろの席に座っていた志水の変な笑い声も聞こえる。

もう全部、二度と聞きたくない。

もう二度と会いたくない。

でも、引っ越すといったって、同じ北区内だから、いつ顔を合わせるか分からない。

——ううん、大丈夫。

だって、北区には三十万人もの人がいるって先生が言っていたし、たしか世界には北区より人口が少ない国が二十か国以上もあるって話もしてた。

だから、同じ街に住んでいたって、この先、もう二度と会うことはないと思う。

それに……ぼくは死神だ。

あいつらとの関係だって、なんだって完全に断ち切ることができるんだから——。

第五章　死神と名探偵

1

翌日の午後、「休業日」と書かれた札のかけられたドアを引いて花春に入る。

下瀬雅美はすでに先に来ていた。

須美子が一週間ぶりの挨拶を交わしていると、奥から育代が顔を出した。

「あ、須美ちゃんも来たわね。二人とも立ってないで座って座って」

お盆に載せた麦茶をテーブルの上に置きながら、育代が促す。須美子は定位置に座り、いつもは日下部が座っている席に雅美が腰を下ろした。

「あ、これお土産です」

雅美はそう言って再び腰をあげると、紙袋から「平戸最中」と書かれた箱を取り出した。

「あら、ありがとう！　日本茶のほうがよかったかしら。ちょっと待っててね」

育代は雅美のお土産を受け取るとまた奥へ引っ込んだ。

「素敵なお花屋さんですね」

雅美はキョロキョロと店内を見回してから、「育代さんって独身なんですか？」と小さな声で須美子に訊ねる。須美子は個人のことをどこまで話していいかと迷いながらも、「今はお一人で暮らしてらっしゃいます」とだけ答えた。

雅美はそれ以上は聞かず、「あ、あの花、祖母が好きなんですよね」とオレンジ色の花を指さしながら、とりとめのない平戸での思い出を語った。

「お待たせのお持たせです」

育代が笑いながらお盆に載せた最中と日本茶を、先ほど出してくれた冷たい麦茶の隣に並べて置いた。

「あ、すみません。お気遣いいただいてしまって」と雅美が恐縮する。育代も「次からは何も持たずに、もっと気軽に遊びに寄ってちょうだいね」と言った。

「わたし、手ぶらで来ちゃいました」

須美子はいつもの買い物ついでの調子で来てしまったので、何も持ってこなかった。

「いいのよ、そんなこと。それより、雅美ちゃんも呼んだってことは、もしかして須美ちゃん、真相解明っていうお土産を持ってきてくれたんじゃないの？」

育代は言った。

「そうなんですか」と目を輝かせる雅美。

「……真相と呼べるかは分かりませんが、一応の答えをお持ちしました」

須美子はそう答えてから、「昨日の午後、わたし、形が変わる島に行ってきたんです――」と続けた。

「え、それって、中之島だったんじゃないの？」

「いえ、それはですね――」

＊

午後、再度一人で出掛けた須美子は、中央図書館に寄ったあと埼京線に乗り、北区の外れにある浮間舟渡《ふなど》駅で降りた。目指す公園は駅前にある。いよいよ降り出した雨の中、傘をさして、須美子はその島を眺めていた。

風車が目を惹く。

今朝の天気予報では、午後から雨になると言っていたが、まさにそのとおりになった。傘から顔を出して空を見上げると、小雨の粒が顔に当たった。カバンからハンカチを出して、顔についた雨粒を拭う。

「本当に、ここにも『島』があったのね」

須美子は目の前の池に浮かぶ島を、感動的な気持ちで見つめながら、一歩また一歩と近づいていく。

不思議なことに、それは自室で広がった見たこともない想像の風景に限りなく近かった。

ここは北区と板橋区の境界線にある浮間公園だ。そして、案内図によると浮間ヶ池の中央に島があり、北区に属するらしい。

名前は「浮島」だ。

周囲二十メートルほどだろうか。草木が生い茂ったそこは中之島と違い、陸地に繋がる橋はない。

浮間ヶ池の周囲に散歩コースが設けられているのだが、その縁に据えられた手すりからは十メートルもない距離に見えるが、手前の柵が邪魔をするので、走り幅跳びの世界記録保持者でも飛び渡れないだろう。

(あの島は自然にできた島じゃない……)

須美子はそう考えていた。名主の滝公園の男滝が人工の滝だったように、また中之島が人工的に作られた島だったように、この島も人間の手によって作られたものではないかと須美子の直感は訴えていた。

そして、長崎の出島は海を埋め立ててできているから海底と繋がっているし、中之島もそもそもは陸と繋がっていたが、ここはそういった島と違い、地図で見た「浮島」という名前からして、池に浮いているだけなのではないかと考えたのだ。

そう、それは育代が歌っていた「ひょっこりひょうたん島」のように――。

だが、実際にただ浮いているだけでは、強い風が吹けば流されてしまうだろうから、なんらかの形で池底に固定されているはずだ。

(図書館でそのことも調べてくれればよかったかな……)

須美子はそんなことを考えながら、浮間ヶ池の周りを歩く。すると途中に、「浮間ヶ池大図解」という看板を見つけた。

〔浮島は人工の島　浮間ヶ池の真ん中に浮かんでいるヒョウタン型の――〕

「え、うそっ！」

横から見ているぶんには気づかなかったが、看板に載っている上空からの写真では、浮島がひょうたんの形をしているのが分かった。まさかこのことを見越して、育代はあの歌を歌っていたのではないだろうか――との思いが、須美子の頭を過った。だがすぐに、育代の、のほほんとした丸い顔が浮かんだ。

「単なる偶然よね」

須美子は笑って首を振ってから続きを読んだ。

〔――浮島は、鉄筋コンクリートと発泡スチロール、モルタルでできた重さ324tの人工の島です。池底のおもりにつながっています〕

「やっぱり……」

また一つ確信を得た。

(だけど、浮いている島だろうと、よほどのことがなければ動くことはない――)

須美子は先ほど中央図書館に立ち寄り、二〇一二年六月十九日のニュースを調べた。理由は、涼二が『北区にも形が変わる島を見つけました』と書いてきた葉書に二〇一二年の六月二十日と書かれていたからだ。

あの葉書に、「北区にも形が変わる島を見つけました」とあったが、その前に「昨日はたいへんだったけど――」と書いてあったことを思い出しながら、須美子は新聞のバックナンバーを調べ始めた。そしてすぐに、予想していた記事を見つけた。


〔台風四号関東に上陸。各地で被害相次ぐ〕

(これだわ――)

須美子の描いた物語の破片が、そのときまた一つはっきりとした形を成した。

「あの島を動かしたのは台風四号――」

周りに誰もいないと思い、須美子がつい声に出して言ってみると、「ああ、四号じゃったか」と返事が返ってきて驚いた。

傘をずらすと、隣に雨合羽を着た老人が立っている。

「え、あ、あの……」

「これ、あんたのじゃないかい」

手に淡いブルーのハンカチを持っている。

「あ、そうです。ありがとうございます！」

おそらくさっき、顔を拭いたあと、カバンにしまったつもりが、落としてしまったのだろう。

「いやいや」と言って立ち去ろうとする老人を須美子は思わず呼び止めた。

「あの！　十二年前の台風の日のことなんですけど、詳しく教えていただけませんか。わたし、よく知らないんです」

「おお、もう十二年前になるんかのぉ。わしもそんなに詳しくは覚えとらんが、あの台風は本当にひどい風じゃった。たしか他の地域でも被害がたくさん出たんじゃなかったかのお。次の日、散歩に来てみたら、浮島がいつもと違うところにあってな。そりゃあ驚いたわい」

「あっ！　それって、浮島を池の底で繋いでいる鎖が切れたからですよね」

「多分、そうじゃろうな。何本かあるうちの一本でも切れたんじゃなかったか……」

「ありがとうございます！」

「ん？　お前さん、さっきお礼は言ってくれたが……」

「あ、いえハンカチだけじゃなくて、とにかく助かりました」

老人は不思議そうな表情を浮かべ、「よく分からんが、そりゃあよかった」と言って去って行った。

2

「え、どういうこと」

須美子の話を聞き終えた育代が即座に質問する。

「浮島を固定していた鎖が切れてしまい、動いて向きが変わってしまったため、いつもとは違う形に見えたということです」

「あ、なるほど、形の変わる島って、そういうことだったのね……ん？　ちょっと待って須美ちゃん、じゃあ『北区で一番大きな剣』っていうのもあの草刈の碑じゃなかったっていうことよね。どこにあるの？」

「ここにありますよ」

　須美子は足元を指さす。

「嘘っ！」

　育代は椅子を倒さんばかりの勢いで立ち上がると、テーブルの下に潜り込んだ。

「ど、どこよ！」

　雅美も座ったまま、前屈みになってテーブルの下を覗き込む。

「ふふふ」

　そんな二人を見て須美子が笑う。

「あ、須美ちゃん、こんなときに冗談っていうのは、さすがにちょっと笑えないわよ……？」

　育代が眉をひそめる。

「すみません。冗談ではないのですが、育代さん、北区が載っている地図ってありますか？　あ、広報誌でも大丈夫かもしれません」

「えっ？　ああ、広報ならこのあいだ届いたのが、そこに」と指さす。

「ちょっとお借りしますね」と、棚に置かれていた「北区ニュース」を須美子は手に取った。

「えーと、あるかしら……あ、あった」

先日、育代が言っていた、北区の人口のことや区内の施設の案内が書かれているページを開いて、須美子はくるりと回すと、二人に見開きのページを示した。

「？　須美ちゃん、これがどうしたの？」

「あっ、剣!!」

先に気づいたのは雅美だった。

「え、え、何、雅美ちゃん。どこよどこよ」

育代はまたテーブルの下を探し出す。

「育代さん、これです」

須美子が育代を引っ張り出し、椅子に座らせると、机の上の「北区ニュース」に掲載された北区全体の地図を指し示す。

「北区の形自体が剣に見えませんか？」

「え……ああっ、本当だわ！」

育代は見るからに興奮して大声で叫んだ。

須美子は知水資料館の足元に広がる航空写真を思いだし、この着想を得たのだった。それは点で探すのではなく、山手線の踏切で空から都心を見下ろすことを考えたように、俯瞰して北区全体を想像したときのことだった。

北区で一番大きいものは、北区そのもの――。

「持ち手の部分が右下で、左上に太い刃が伸びている感じね。たしかに、この王子と滝野川のあたりが、両側に飛び出ているのも、剣っぽいわね」

「そっか、これが涼二くんが見つけた『北区で一番大きな剣』だったんですね。……それで『北区で一番大きな剣の先が切ったのかもしれません』っていうのは――」

雅美の言葉に育代が地図に指を這わす。

「剣の先は……本当だわ！　浮島がある浮間地区ね」

「まあ、小学生の考えたことですし、北区の形が剣に似ていると思うかどうかは人によると思いますが」

興奮し続ける育代とは対照的に、須美子は冷静な口調を続ける。

「ああ、そういうの、あるわよね。『群馬県は鶴が舞う形』っていうけど、わたしはどうしても、大きな鼻の外国人に見えるもの」

須美子も雅美も、育代のおどけた調子に笑って、少し肩の力が抜けた。

「それにしても、たしかに北区で一番大きい剣ね。草刈の碑とは比較にならないわ」

育代が地図を凝視し、呆れたように口にする。

その言葉に、須美子は「比べものにならないね」と光彦が笑ったのを思い出した。

「……つまり、涼二くんは台風のあと、浮島の形が変わっているのに気づいた。そして、固定していた鎖が切れたこと、さらに北区の形が大きな剣に見えることにも気づき、その剣の先にある浮島の鎖を切ったのかもしれないという物語を考えた――ということですね」

雅美は話を整理するように、あるいは小学生の涼二の心に寄りそうに、ゆっくりと口にした。

「はい、ですが――」

須美子は表情を暗くして続けた。

「涼二くんは、北区の形が剣に見えると気づき、我ながら面白い着想だと思ってお友だちに話したのでしょう。でも――」

「……笑われてしまった」

雅美は悲しそうに、そう口にした。

〔このあいだ書いたことを友だちに話したら笑われました。それにクサリを切ったのはおまえじゃないかとも言われました。ぼくが死神だから、剣じゃなくて本当はカマで切ったんだろうと言われました。次の日からみんながぼくを死神と呼ぶようになりました。くやしいけど、みんなが言うとおりかもしれません。だって、ぼくのせいで見えないクサリも切れちゃったから〕

手紙に書かれていた言葉を思い出しながら、須美子も切なくなった。

「浮島の鎖を小学生が切るなんて普通に考えたらできるはずありません。ですから、『ぼくじゃない。台風のせいだ』と言ったと思います。でも、いじめなんて正論を言ったところで収まるものではありません。それに涼二くんは手紙に『くやしいけど、みんなが言うとおりかもしれません。だって、ぼくのせいで見えないクサリも切れちゃったから』と書いていますから、何か他にもあったのかもしれません。見えない鎖……たとえば、友情とか、友だちの絆みたいなものが涼二くんが原因で切れてしまったとか」

「………」

「………」

育代も雅美も黙っている。

「あ、すみません。これに関してはわたし自身、何か違うような気はしているんです。それだと文脈に違和感が残りますので……。ただ、死神と呼ばれる理由に関しては心当たりがあります」

「え？」

「坂上涼二くんの名前に『シニ』が入っているんです」

「どこに？」と言って、育代はメモ帳を持ってきて「坂上涼二」と書く。

「育代さん、名主の滝を思い出してください」

「あっ！　涼二くんの『涼』のサンズイがカタカナの『シ』で、漢数字の『二』がカタカナの『ニ』ね」

「はい」

須美子は健太が書いた『ナヌシノタキ』が『友汐』に見えたことから、想像したのだ。

「……そっか。それと坂上という名字と合わせて、涼二くんは『死神』と呼ばれるようになったんですね……ひどい……」

そう言って、雅美は唇を嚙みしめた。

「もちろん、これも想像の域をでません。ですが、子どもって時に残酷ですよね。深く考えずに人を傷つけたり、たとえばいじめっこのボス的存在が口にしたら、それに逆らえなくなってしまう。……ああでも、子どもだけじゃないですよね、大人の世界でも地位のある人や、お金をたくさん持っている人が黒といえば、白いものも黒と言わざるを得ないような風潮が、日本では特に多いような気がしますし……。本当は子どもでも大人でも、間違っていると思ったら勇気をもって言わなければいけないんですよね。それは黒じゃありませんって――」

育代と雅美は黙って、須美子の言葉に耳を傾けている。

「いじめって、いじめたほうは忘れてしまう人が多いって聞きますけど、それって本当は覚えているのに、忘れたフリをしているだけな気がします。それに覚えていたとしても、たいしたことじゃないとか、自分は悪くないとかって勝手な理屈で、自分の気持ちを軽くしたり、なかったことにしようとする。なかには自分のほうがかわいそうだとか、加害者のくせに被害者のように主張する人もいるみたいですね。ひどすぎますよ。いじめられたほうは深く傷ついたまま、ずっと立ち直れない人がたくさんいるというのに……。せめて、いじめた人がその痛みを代わりに感じ続ければいい……なんて、こんなこと考えたら駄目ですよね」

感情的になりすぎたと反省した須美子は悲しげに笑う。

「……」

育代はハンカチで両目を拭いながら首を左右に振っている。

「――身分、学歴、生まれ、育ち、そして外見で人を区別したり差別したり……。どうしてなんでしょう。一人一人が手を伸ばし、繋ぐことができれば、その先に広がっていって、とても素敵な世界になると思うんですけど……」

きっとこんなことを街頭で言ったら、「考えが甘すぎる」、「理想論だ」と馬鹿にされるだろう。だが、須美子は浅見家を思いながら言葉を紡いでいた。田舎育ちで大学にも行っていない自分にも、由緒ある家柄の人たちが、温かく接してくれる。だから、なんと言われようと須美子は、世界中が浅見家の人々のようであればいいのにと願うのであった。

「あ、すみません。なんだか、話が逸れていってしまって。……あの、わたしの言っていることは全部想像の産物です。事実とは異なるかもしれません。その場合、雅美さんを、それに育代さんも悲しませるようなことを言っただけになってしまいます。謝って済む問題ではありませんが、そのときは――」

須美子が頭を下げようとするのを雅美が止めた。

「いえ、ありがとうございます、須美子さん」

「うん。須美ちゃんが思ったことを、ちゃんと話してくれたことが嬉しいわ」

雅美は育代の言葉に「はい」とうなずいて、微笑んだ。

「……あ、そういえば、涼二くんが住んでいたアパートって浮間じゃなかったかしら」

赤い目をしたまま育代が訊ねた。

「はい」と須美子も当然知っている顔で答えた。

「……雅美さんも行ってみたと仰ってましたが、一応、わたしも浮島を見に行った帰りに、涼二くんが住んでいたアパートにも行ってみたのですか――」

＊

手帳にメモしておいた住所を頼りに須美子はアパートを訪れた。

涼二が住んでいたのは二〇三号室。階段下にあった郵便受けには、二〇三は「山下」という知らない名前が書かれている。そういえば雅美も「違う人が住んでいた」と言っていた。

その部屋を訪れたところで、分かるはずはないと思いながらも、須美子は部屋の前まで行ってみた。

「……あの、何か」

振り返ると、両手に買い物袋を抱えた年配の女性が訝しげな表情を浮かべて立っていた。どうやらこの女性がここの住人らしい。

須美子は以前、ここに住んでいた方の知り合いなのですが――と説明し、どこへ引っ越したかご存じありませんかと訊ねてみた。

女性は、最近引っ越してきたばかりで分からないと言ったが、アパートの大家の住む家を教えてくれた。

真正面から訊ねたところで、教えてもらえるかどうか分からなかったが、歩いてすぐのところだったので、須美子は当たって砕けろとばかりに行ってみた。

——だが。

「個人情報を簡単に教えられるわけないだろう！」

インターフォン越しに男性の怒号を浴び、当たってすぐに須美子の意気込みは砕け散ったのだった。

3

「——わたしが本物の名探偵なら涼二くんの居場所も探すことができるんでしょうけど——」

「いえ、そんな。充分です。ありがとうございました」

雅美はそう言ってくれたものの、須美子は自分の力不足を痛感し、落ち込まずにはいられなかった。

「……すみません」

須美子は申し訳なさそうに肩を落とす。

それを見ていた育代が空気を変えようとでも思ったのか、おもむろに広報誌をパラパラとめくりだし、「えーっと、えーっと……」とネタを探している。

気遣いに感謝しつつも、無理に話題を探さなくても――と、須美子が声をかけようとすると、育代は「あっ」と手を止めた。子どもたちが野球をしている写真が載っているページだった。

「そうそう！　雅美ちゃん、聞いて聞いて。このあいだの話なんだけどね。『お久しぶりです江夏さん』って話しかけたら、『江川です』って言われたことがあったの。わたしったらドジでしょう？」

突然、まるで関係のない話をされて、雅美は反応に困ったようだ。

「えーっと、江川さんと江夏さん……ですか。どっちも『江』がつきますもんね……」と、一生懸命、育代の話に調子を合わせようとしている。

「そうなのよ、どっちもすごいピッチャーだったじゃない。二人とも頭の中に顔が浮かぶんだけど、これって江川だっけ？　江夏だっけ？……ってなっちゃうのよね」

「は……はあ、そうなんですか。すみません、わたし野球は詳しくなくって。江川と江夏っていう有名なピッチャーがいるんですね……」

昭和の野球選手など、雅美が知っているわけはない。かくいう須美子だって、聞いたことがあるような気はするが、顔はまったく浮かばない。

「二人とも本当にすごかったのよ」

「へえ……あ、そうだ。間違えたといえば――」

育代への返答に困ったこともあったのだろうが、雅美は話を変えた。

「このあいだ話した叔父が人数を間違えた件ですけど、続きを思い出したんです」

「ああ、雅美ちゃんと涼二くんの出会いのきっかけになったたって話ね。たしか、四人のお客さんを数え間違えたんだっけ？」

「はい。叔父が『五名様』って呼びかけて、でも誰も振り向かずにエレベーターホールに行ってしまったので、叔父が慌てて『あ、あのお客様ー』って手を伸ばしながら追いかけていったんです。その姿が、もうおかしくておかしくて。それでそのとき、涼二くんが笑ってるわたしのほうに来てくれて、『何年生』って聞いてくれて、同じ学年だって分かったんです」

「そうだったの。あ、それで、叔父さんは間違いに気づいたの？」

「はい、戻ってきた叔父は、眼鏡をおでこに押し上げて宿帳を見て、『あ、違ったか』って頭をかいてました」

雅美は当時の思い出を懐かしむように相好を崩す。

「ふふふ、叔父さんの顔は知らないけど、なんだか目に浮かぶわね」

育代もつられて笑った。

「ふふふ、ですよね。それで叔父に『どうして間違ったの』って聞いたら、『いやあ明るいから五名だと思って……』って変な言い訳をしたんです。わたし、それを言うなら、暗いから数え間違えたんでしょうって思って、また笑っちゃいました」

「逆のほうが面白いと思ったんじゃない？　きっと雅美ちゃんを喜ばせようと思ったのよ。素敵な叔父さんじゃない。……あ、で、でももしかしたら、叔父さんにはもう一人見えてたんじゃないの。明るいからはっきり五人目が見えてたのに、自分にしか見えない存在だったのかって……」

「え、育代さん、怖いこと言わないでくださいよ。まさか、それって幽――」

「きゃー!!」

育代の大声に雅美がビクッと体を震わせたあと固まる。だが須美子は、いつもは驚かされる育代の声よりも気になることがあり、無反応だった。

「……まさか、そんなことあるわけないわ……」

ぽつりと須美子が口にする。

「そ、そうよね。そんなことあるわけないわよね。ご、ごめんね」

須美子のどこか冷たいつぶやきに、育代だけでなく雅美も神妙な顔をしてうつむいた。

「……だって、そんなところで繋がるなんて、映画みたいな話が……でも、それなら見えない鎖っていうのも……」

須美子は怖い顔をしたまま、独り言を続ける。

様子がおかしいと感じた育代が声をかけても、須美子は自分の思考に没入していて気づかない。

「……須美ちゃん？」

育代と雅美は顔を見合わせて、首を傾げた。

「育代さん！」

「は、はい！」

突然、大きな声で須美子に名前を呼ばれて、育代は背筋を伸ばす。

「——ゴー兄ちゃんの名前って、結局なんだったと思います？」

「え？……それって昨日、健太くんが言ってた話？」

急にどうしたのだろうというように首を傾げながら、育代が訊ねる。

「はい」

「あ、あの……健太くんって、このあいだお聞きした『空飛ぶハサミ』の話に出てきた子ですよね？」

雅美には先週、健太との関係や「空飛ぶハサミ」の都市伝説の話、健太の友だちのゴーちゃんのことなどを、簡単に説明してある。

「そうそう」

育代は雅美にうなずいて見せたあと、「自転車のチェーンは結局、ゴーちゃんの従兄弟のゴー兄ちゃんが切ったそうなの。それで健太くんが、ゴーちゃんのゴーは豪太のゴーで、ゴー兄ちゃんのゴーは数字の五がつくって言ってたのよね。だから、五作さんとか、五助さんとか――」

「ぷっ」

雅美が堪えきれないというように吹き出した。

育代は不思議そうに雅美を見返し、「え、どうして笑うの？」と問いかける。

「育代さん、それじゃあゴー兄ちゃんじゃなくて、ほとんどゴー爺ちゃんですよ」

須美子は冷静に訂正する。

「ああ、そうか。あ、そういえば健太くん、かっこいい名前だって言ってたわね」

「翔五とかでしょうか……」

雅美も案を出してきた。

「あら！　最初に五がつかなくてもいいルールなの？」

育代が目をむいて反論する。

「もともと、ルールなんてありませんよ。それと、健太くんは『ゴボウじゃなくて』って変なことも言ってましたよね」

「ああ、言ってたわね。じゃあ、ゴボウに似た名前ってことかしら！　ゴボウ、ゴボウ、ゴロウ！　……あ、でも、五郎っていうのはかっこいい名前じゃないか……あ、そんなこと言ったら、野口五郎《のぐちごろう》さんとかに悪いわよね。ん？……まさか須美ちゃん、『ゴー兄ちゃん』に心当たりがあるの？」

「……もしかしたらなのですが、『ゴー兄ちゃん』は——」

4

三週続けて、須美子は日曜日に外出することとなった。

上中里駅前で待っていると、午後一時十分前に蟬坂とモチ坂方面から、それぞれ待ち合わせている人物がやって来た。育代と雅美だ。

雅美は心なしか、いつもよりおしゃれをしている。

本当は雅美が一人で行く予定だったのだが、約束の日が近づいてくると、心細いから近くまで一緒に来てほしいと頼み込まれ、育代と須美子も同行することになったのだ。

「こんにちは」と三人それぞれ挨拶をしたあと、「では、行きましょうか」と須美子の音頭で改札に向かう。

日曜の昼過ぎ、ホームは空いていた。

「育代さんも須美子さんも、今日は本当にすみません」

電車を待つ間に、雅美が何度も頭を下げる。

「いいのよ気にしないで」という育代に続けて、須美子も「はい」と笑顔で答えた。

「それにしても京浜東北線に乗るの久しぶりだわ」

「このあいだは地下鉄でしたもんね」

育代と須美子の会話を聞いていた雅美が、「そういえば、北区ってＪＲの駅が一番多い区なんですよね」と言った。北区を走っているＪＲは京浜東北線のほか、山手線や埼京線がある。

「あら、そうなの？　上中里、王子、赤羽――」

「お母さん、電車まだあ？」

不意に声のしたほうに目を向けると、子ども連れの家族が目に入った。

「あの子、健太くんと同じくらいかしらね」

育代の声に、須美子も「そうですね」と答えたあと、「健太くんのほうが、もう少し背が大きいかもしれませんね」と話す。

「ねえ、お父さん、おばさんの家って、何回乗り換えるの？」

子どもの声に育代が「あっ」と顔をしかめる。

「どうしたんです？　トイレなら改札の横に――」

須美子が場所を教えると、「違うわよ。思い出しちゃったの。わたしだけおばさんって言われたこと……」と育代は肩を落とす。

「ああ……」

須美子はなんと言葉を返したものか逡巡した。

「あ、電車が来ましたよ」

雅美が救いの声をあげてくれた。

育代は「まあいっか。さあ、いざ出陣よ」と気持ちを切り替えると、滑り込んだ電車に意気揚々と乗り込んだ。

そして、すぐに「さあ、降りるわよ」と告げた。

目的地は上中里の隣の駅、田端である。

「ああ、田端駅も北区だったわね」

先ほど雅美が言っていたことを思い出したように育代はそう口にした。

田端は雅美の家からなら歩いても二十分くらいだったが、須美子と育代のことを考えて、上中里駅から京浜東北線に一緒に乗っていくことになったのだ。

「本当に来てくれるでしょうか……」

田端駅の南口を出たところで雅美の足が止まった。

「大丈夫よ」

育代が雅美の背中をぽんと叩き、三人はモチ坂よりも勾配のありそうな坂を太陽に向かって登っていく。

線路沿いに三百メートルほど歩いたところで目的地が見えた。

名前のとおり、田端の高台にその公園はあった。

東側は線路を見下ろし、他の三方はマンションに見下ろされた田端台公園。

公園は小学生たちで賑わっていた。大人たちの姿もちらほら見えるが家族連ればかりのようだ。

「どこにいるのかしら?」

育代が目の上に手をかざして歩きながら、公園に近づく。

「あ……」

雅美が「あ」の口のまま、入り口で立ちすくむ。

その視線の先、公園の中央付近にある藤棚の下のベンチには、男性が独り、ぽつねんと座っていた。少し距離はあるが、若い——雅美と年の近い青年の後ろ姿に見えた。

「あの人じゃない!　さあ、雅美ちゃん、いってらっしゃい!」

育代が声をかけ、ぽんと雅美の背中を押す。

だが、雅美は振り返って不安そうな目で須美子を見る。

「大丈夫です」

須美子も力強くうなずいてみせる。

「はい……あの、近くにいていただけませんか。お二人にも聞いていてもらいたいんです……」

雅美の言葉に須美子と育代は顔を見合わせる。

どうする？——という顔で育代は答えを須美子に任せるように首を傾ける。

「分かりました」

須美子が答えると、雅美は安心したように微笑んでから公園に一歩、足を踏み入れた。

5

「涼二くん……だよね？」

正面に回りこんだ雅美が声をかけると、男は弾かれたように顔をあげた。須美子と育代は二人の斜め、背中側のベンチに腰を下ろし、花壇を眺める振りをして、耳を傾ける。

「あ……うん」

「わたし、下瀬雅美。十二年ぶりだね。涼二くん……子どもたちからゴー兄ちゃんって、呼ばれてるんだね」

雅美は緊張のせいだろうか、相手の返事も待たずに一気にしゃべった。

「あ、ああ。母親の旧姓がね。その……ごめん、手紙書けなくなっちゃって」

涼二がそう言うと、「ううん」と言いながら雅美は、遠慮がちに涼二の隣に座った。二人の間に、一人分くらいの空間があるのが、十二年のブランクを感じさせてもどかしい。

（あれっ……涼二さんの声、どこかで聞いたことがある気がする……）

須美子は記憶を辿るが思い出せない。

「あの……色々聞きたいことがあるんだけどさ……」

「わたしも……」

しばらくの沈黙ののち、「手紙……驚いたよ」と涼二が先に口を開いた。

「ごめんね突然。でも、この場所、分かってくれてよかった」

須美子は育代と身を寄せ合うようにして座り、花壇の花について話をしているが、二人とも上の空だし、耳がダンボになっているのはやむを得ないだろう。

「そりゃまあ、僕が言い出したことだし……でも、よく分かったね。僕が住んでいるところ。それに、ここが大きな剣の柄頭だって」

その言葉に雅美は、あの日の花春でのことを思い出した——。

＊

「——まさか須美ちゃん、『ゴー兄ちゃん』に心当たりがあるの？」

「……もしかしたらなのですが、『ゴー兄ちゃん』は、下の名前ではなくて名字に『五』

がつくのではないかと思ったんです」

育代の質問に対して、須美子は真剣な顔でそう口にした。

「名字……ああ、なるほど。それで、ゴボウに似てかっこいい名前ねえ……あ、五郎丸さんとか！」

「あ、かっこいいですね」

雅美は育代の意見に同意した。

「たしかに、健太くんの条件には当てはまります。ですが、さらに条件を加えていくと、『ゴー兄ちゃん』というのは――」

須美子は口にしかけた言葉を飲み込んだ。

「あ、須美ちゃん、もしかしてさらに何か分かっちゃったのね！」

「……分かったというか、突拍子もないことなのですが……でも、こんなこと、北区が大きな剣に見えるってことより、あり得ないかもしれません。それに勘違いなら、それこそ謝って済むようなことではなく、迷惑をかけてしまうことになるかもしれません……」

須美子は思わずうつむいてしまった。

「そんなこと――」

雅美が何か言わなければと口を開くが、その先が出てこない。代わりに育代が言葉を繋いだ。

「ねえ、須美ちゃん。難しく考えないほうがいいんじゃないかしら」

「……」

「失敗したらそのときよ、須美ちゃん一人の責任じゃない。名探偵が失敗したら、半分は助手であるわたしの責任……ううん、体型からいったら三分の二くらいはわたしが占めているわね。だから、どーんと言ってみなさい。ほら、どーんっと」

そう言って育代は自分の腹を叩いた。

「育代さん……」

その育代らしい気遣いに感謝しながらもなお戸惑っていると、「ほらほら、早く言わないとくすぐりの刑に処すわよ」と、育代が両手を構えて須美子に近づいてきた。

「や、やめてくださいよ、言いますから。……雅美さん、わたしの勝手な想像ですので、話半分に聞いていただきたいんですけど、それでもいいでしょうか？」

「はい。聞かせてください！」

雅美の返事に「分かりました」とうなずいてから、須美子はゆっくりと口を開いた。

「実はこんな物語を思いついたんです。ゴー兄ちゃんは涼二くんなのではないかと――」

「えっ！」

「ど、どういうこと？」

雅美も育代も目を丸くする。

「ゴー兄ちゃんの名前はかっこいいって、健太くん言ってましたよね。ゴボウじゃなくて――とも。たとえば、フルネームはゴミョウ涼二という名前だとしたら……。そして、もし雅美さんの文通相手の坂上涼二さんと同一人物だとしたら……」

「……………」

二人とも鳩が豆鉄砲を食ったような顔をして黙ってしまった。突然、「ゴミョウ」などという名前が出てきたことにも合点がいっていない様子で、反応に困っているようでもある。

「雅美さんの叔父さんが、『五名様』って呼びかけたって言いましたよね」

「はい」

「それがどうしたの？」

「それで、そのあと、叔父さんは眼鏡をおでこに押し上げて宿帳を見て、『あ、違ったか』って仰ったんですよね」

「え、ええ。そうですね」

雅美がうなずく。

「それが気になったんです」

「どういうこと？」

「もし、人数が違うことを勘違いしていたのなら、宿帳を確認しなくても追いかけているんですからすぐに気づいたはずなんです。だから、わざわざ宿帳を見て『あ、違ったか』と言ったことに意味があるのではないかと思いました。しかも、眼鏡を押し上げてという仕草と合わせて考えた場合、叔父さんは小さい文字を確認して口にしたのではないでしょうか」

「小さい文字……まあ、宿帳なんてそんな大きな文字で書くことはないと思うけど」

育代が首を傾げた横で、雅美が「あ！　振り仮名ですか？」と言った。

「はい。もし漢字でたとえば漢数字の『五』に明るいの『明』で『五明』と大きく書いてあったとしたら、『ゴミョウ』ではなく『ゴメイ』と思ってしまう可能性があるのではないでしょうか。それで、叔父さんは小さな文字を見るために眼鏡を押し上げて、宿帳の振り仮名を確認し、『あ、違ったか』とつぶやいた」

「あ、明るいから五名だと思ったたって叔父さんが言ってたの、それのこと？」

「はい。そうではないかと」

雅美はハッとしたように須美子に視線を向け「メイとミョウ……」とつぶやく。その言葉に須美子は、ふと光彦が「いや、メイじゃなくてミョウだね」と言っていたときのことを思い出した。だが、あのとき教わった温泉の漢字はやはりすでにうろ覚えだ。

「なるほどね……って、ちょっと待って須美ちゃん。そもそも、『五明』って誰のことよ。

る。

涼二くんと一緒にいたのは、お母さんじゃなかったってこと？」

「そうですよね。お母さんなら坂上って書いたはずですし」と雅美も育代の援護射撃をする。

「涼二くんのお母さんの旧姓が五明なのではないでしょうか？」

「え？」「え？」

還暦間近の育代と二十歳過ぎの雅美の声がきれいに重なる。

「文通が始まった時点では、涼二くんの書いた住所と手紙がやりとりできていて、そのあと引っ越して手紙が届かなくなったということから、ご両親が離婚なさったということは考えられないでしょうか。例の旅行のとき、涼二くんが『終点まで来た』というようなことを言ったんでしたよね。それって旅の行き先は決まっていなくてとにかく一番遠い場所まで……たとえば逃げてきたという可能性もあるんじゃないかって思ったんです。――だとすると、お母さんはその時点ですでに離婚を決意していて、旦那さんの名字である坂上という名前を名乗るのも嫌な心理状態だった。だから、旧姓の五明と宿帳に書いたのではないでしょうか。ただ涼二くんも一緒にいますし、お母さんには『坂上』としての生活が染みこんでしまっている。結婚する前なら『ゴメイ』と呼ばれても、自分の名前の読み違えかもと思ったかもしれませんが、宿帳には書いたものの、宿のご主人の呼び間違いに咄嗟に反応することができなかった――」

須美子は最後に「なんの証拠もありませんが……」と付け加えた。

しばらくのあいだ、須美子の長い話を咀嚼するかのような沈黙が流れた。そして――。

「それって全部当たってるんじゃない！」

育代が興奮気味に立ち上がった。

「あの、わたし、そのゴー兄ちゃんに会ってみたいです。会えば分かると思うんです」

雅美は思い切った口調でそう言ったが、しばらく思案顔をしていて、「……でも……もし、本当にゴー兄ちゃんが涼二くんだったら、手紙の返事をくれなくなった時点で、もうわたしには関わり合いたくないって、そう思っているのかもしれないですよね……」とうつむいた。

「須美ちゃん、何かいい方法はないかしら？」

育代は雨に濡れた子犬のような目を須美子に向ける。

「……たとえば、こうしてみるのはいかがでしょう。雅美さんは会いたいという気持ちを伝える。もしゴー兄ちゃんが涼二くんで、彼も同じ気持ちなら会いに来てもらう――」

「え、そんな都合の良い方法がありますか？」

「うまくいくかどうか、分かりませんが――」

「教えてください！」

懇願する雅美に、須美子はゴー兄ちゃんに会うために、健太とゴーちゃんを経由して手紙を届けようと提案した。

雅美はすぐに、育代が用意してくれた便せんを使って手紙を書き始めた。そして、待ち合わせの場所については須美子の指示どおりに書いた。それはこんな内容だった。

〔突然の手紙で驚かせてしまってごめんなさい。わたし、小学校の頃に文通していた下瀬雅美です。もし都合がよければ、六月二十三日の午後一時半に、北区で一番大きな剣の柄頭にある公園でお会いできませんか〕

北区の北西に位置する剣先にある浮間公園とは真反対。南東の荒川区との境界で、剣の柄頭にあるのが田端台公園であった。須美子は広報誌に載っていた地図を見て、この場所を提案したのだ。

封筒には「涼二様」と宛名を書き、裏には「下瀬雅美」の差出人の名前だけを書いた。

そうして、三人で連れ立って健太のところへ向かった。

健太の暮らすアパートまで訪ねようと思ったが、商店街を歩いている途中で、ばったりと出会うことができたので、須美子は簡単に事情を説明した。

「こちら下瀬雅美さん。健太くんからゴーちゃんに、ゴーちゃんからゴー兄ちゃんに、雅美さんからの手紙を渡してくれないかな」

「ゴー兄ちゃん？」

「うん。たしかゴー兄ちゃんの名前って五明っていうのよね」

「あ、そうそう、それ！　ゴボウじゃなかった」

健太は照れくさそうに笑いながら、「なんだ、須美子姉ちゃん、ゴー兄ちゃんのこと知ってたの？」と言った。

「ううん、そうじゃないんだけど……手紙、お願いできるかな」

「うん、いいよ。えーと、雅美お姉ちゃんからの手紙だね。あ、もしかして須美子姉ちゃんは、また『めいたんてい』やってるの？　育代おばさんは『じょしゅ』だっけ？」

「健太くん、わたしは名探偵なんかじゃ――」

須美子が否定しようとした言葉を遮るように育代が「ねえ、健太くん。須美ちゃんや雅美ちゃんと同じで、わたしのことも育代お姉ちゃんって呼んでもいいのよ」と神妙な顔つきで言った。

「どうして？　育代おばさんは育代おばさんでしょ？　お姉ちゃんじゃないよ」

「……………」

きらきらした瞳でそう言われて、育代だけでなく誰も何も言えなかった。

「あ、そうだ。お兄ちゃんにケーキの話をしたら、来週の日曜がいいってさ」

健太の話に育代も気を取り直して「来週の日曜ね。分かったわ。三時のおやつでどうかしら」と確認した。

「うん、いいよ」

「須美ちゃんも一緒に食べましょうね？」

「いえ、わたしは……」

遠慮しようとした須美子に、「ええ、須美子姉ちゃんも一緒に食べようよ」と健太が、袖を引っ張る。

「うーん……じゃあ、お言葉に甘えさせていただきます」

須美子が答えると、育代と健太がそろって「やったー」と歓声を上げた。

「それで、健太くん、どんなケーキがいいかは決まったの？」

「うんとね、おっきなケーキがいいな」

両手をぐるりと回して健太は答えた。

「ふふふ、分かったわ。探しておくわね」

「やった！　じゃあ、来週楽しみにしてるね、ばいばい！」

「……そういえば健太くん、ゴー兄ちゃんは『チェーンだけじゃなくて、なんでも切ることができるんだって』って言ってましたよね――」

須美子は健太の背中を見送りながら、最後にもう一つ、話を付け加えた。

＊

「――それに雅美……ちゃん、そもそもよく北区の形が剣だって気づいたね」

涼二は名前を呼ぶのに一瞬、ためらいを見せた。小学生のときと違い、お互い二十歳を過ぎている者同士だ。「ちゃん」づけで呼ぶのに抵抗があったようだが、先に雅美が「涼二くん」と呼んだことで、当時のままでよいと判断したのだろう。

「――名探偵が教えてくれたんだ」

「え……どういうこと？」

涼二は不思議そうに首を傾げた。

「それは……」

雅美は一呼吸おいたあと、須美子から聞いた話の要所要所をかいつまんで涼二に伝えた。自分がその名探偵と知り合ったきっかけから、涼二の手紙に出てきた『北区で一番大きな剣』と『形の変わる島』を探してほしいと依頼したこと。そして、『北区で一番大きな剣』が北区そのもので、『形の変わる島』は十二年前の台風で鎖が切れたことにより動いた浮島のことだと突き止めてくれたこと。さらには、こうして涼二の居場所まで分かってしまったこと――。

「──すごいね、その人。名探偵なんて小説やドラマの中だけかと思ってた」

話を聞き終えた涼二は、感嘆の声をあげる。

斜め後方で繰り広げられる会話に集中していた育代が、からかうように肘で須美子をついた。

「わたしも、現実にいるとは思ってなかった」と、雅美もどこか楽しそうに答えている。

「なんだか怖そうな人だね」

「そんなことないわ。とっても頼りになる、優しい女の人」

雅美が穏やかな口調で言った言葉に、「え、女性なの!? てっきり、男性かと思ってた」と驚いた。

「ああ、涼二くん、このご時世に男女差別はいただけないなぁ」

「え、違うよ。そういうのじゃなくて、名探偵っていうと勝手に男の人のイメージがあったっていうか……ああ、でもこれが男女差別なのかなあ」

「ふふふ、でもそうね。ホームズやコナンくんや、名探偵っていうと男性のほうが多いのかもしれない。きっと、これから女性の名探偵がたくさん活躍すると思うわ」

「そうかもしれないね。あ、そういえば、雅美ちゃんはどうして東京に？」

「実はね、わたし東京で就職しようと思って、この春から独り暮らしを始めたの。まだ、就職先は見つからなくて、無職なんだけどね。涼二くんは何をしてるの？」

「僕もあまり変わらない、在宅でできるアルバイト暮らし。収入は安定しないけど、これからやりたいことがあってお金を貯めてるんだ」

「やりたいことって？」

「バイクで日本一周」

照れくさそうに言いながら、涼二は公園入り口に目を向けた。そこには赤い大きなバイクが止まっていた。

「あれ、涼二くんのバイクなの？　すごいね」

「中古だけどね。自分で色々といじってる」

「もしかして、『空飛ぶハサミ』のお話に出てきたチェーンカッターも自前なの？」

バイクのタイヤに光るチェーンが目について、雅美は訊ねた。

「………」

「涼二くん、従兄弟の豪太くんが新しい自転車を欲しがってるのを知って、チェーンを切ってあげたんでしょう？」

涼二は驚いたように雅美を見つめたあと、「そっか、名探偵さんにはそれもお見通しだったのか。まあ、僕に似合いの汚れ仕事ってやつだよ……」と言ってから続けた。

真実を言い当てられることに、涼二はもう驚かなくなったようだ。

雅美はまた須美子の言葉を思い出しているようで、後ろにちらっと視線を投げた。須美子はあの日、健太を見送ったあと、最後にこう言ったのだ。

『そういえば健太くん、ゴー兄ちゃんは「チェーンだけじゃなくて、なんでも切ることができるんだって」って言ってましたよね。あの言葉が、小学生の涼二くんの「ぼくのせいで見えないクサリも切れちゃったから」のことを意味しているとしたら、涼二くんは今も辛い思いを抱えているのかもしれません。自分が原因で両親の絆や親子の縁が切れてしまったと、ずっと心に傷を負ったまま……。だから、自虐的な気持ちもあって、ゴーちゃんの自転車のチェーンを切ることを手伝ったのかもしれませんね――』

「――死神って呼ばれてるって、手紙に書いたことがあっただろう」

おもむろに涼二は言った。

「ある日学校に行ったら、黒板に坂上涼二って書かれてて、『涼』のサンズイと『二』に赤いチョークで丸が付けてあった。それでさ、その横に大きく「死神」って書かれててさ。サンズイがカタカナの『シ』で、それと『二』で『シニ』。あとは坂上と合体させて『死神』だったってさ」

「……………」

これも須美子が話したとおりだった。

「その日から『死神、死神』ってみんなから言われて……。小さい頃から、左手に火傷の痕があるんだけど、その形が『死神のカマ』に見えるって気味悪がられてね……。まあ、一番辛かったのは、昨日まで仲が良かった友だちまで一緒になって『死神』って言ってきたことかなぁ。その子さ、この火傷のこと『お月さまみたいだね』って言ってくれた子なんだ。あれ嬉しかったんだけどなぁ……」

須美子がなにげなく振り返ると、涼二は泣き笑いの表情になっている。

「まあでも、死神っていうのはそのとおりだと思ったんだ。だって、それからしばらくして、うちの両親が離婚することになって。……ああ、そうだ、雅美ちゃんに会ったあの日は、母さん、もう離婚するって決めてたみたいだよ。なんかさ、この火傷もオヤジのせいだったらしいんだよ。小さい頃、オヤジが酔っ払ってタバコの火を押しつけたらしくて、まあ僕は小さかったから幸い覚えてないんだけどね、ものごころつく前に虐待されてたらしくって、母親もよく殴られてたらしいんだ。はっきり記憶に残ってるのは、雅美ちゃんに会う直前のことだったかな。夜中にたまたま目を覚ましたとき、母ちゃんが泣いててさ、『涼二が生まれる前は優しかったのに』って言って、オヤジはオヤジで『お前こそ、涼二が生まれてから冷たくなった』だってさ。それから何か月かして、オヤジが家に帰ってこなくなってさ、不思議に思って聞いたら『もうあの人は父親じゃないのよ。親子の縁は切れたから』って。親子の縁って何ってきいたら、『わたしたちを縛っていた見えない鎖のようなものよ』って。それで、ああ、みんなの言うとおり、僕は死神なんだな、僕のせいでこうなっちゃったんだなって――」

黙って聞いていた雅美の横顔を涙が伝っていた。それに気づいた涼二が慌てたように、

「あ、ご、ごめん。こんな暗い話をしちゃって。まあ、昔のことだから。そんなことがあって、親戚のところに住ませてもらうことになって」と頭をかく。

「……」

「久しぶりに会えたってのに、居候の死神だなんて、みっともないよね……」

涼二が言うと、「今は五明涼二くんなんだから、死神じゃないよ。健太くんも言っていたけどかっこいい名前じゃない」と雅美は涙を拭いながら言った。

「……でも、両親が離婚して名前が変わったところで、坂上っていうオヤジの血は消えないよ。だから、しょせん僕は死神だよ」

うつむく涼二の顔を前髪が隠す。

「……ねえ、涼二くん。わたしの名前だって、下瀬の瀬のさんずいがカタカナの『シ』だし、名前の『雅』と『美』は『ガ』と『ミ』って読めるから、『シ』に『ガ』『ミ』で死神になるわよ？　わたしたち、面白い繋がりを持ってたと思わない？」

雅美が笑うと、「そんな無理矢理なこじつけ——」と言いかけて、涼二も顔をゆがめるように笑った。

「はは、そっか。僕のも無理矢理なこじつけだね……そっか、そうだよな……」

涼二は目を閉じてぎゅーっと肩をすくめたあと、長く大きく息を吐き出し、体を脱力さ

せた。それはまるで、体の中から死神を追い出す儀式のようだった。

雅美もふうっと細いため息を吐いてから、「……子どもって残酷だよね」と言った。

「……そうだね」

「でも純粋なのよね」

「そうそう。『空飛ぶハサミ』なんて、馬鹿みたいな話を考えたりするんだから」

「かわいいわよね」

「本人たちは大真面目なんだろうけどね」

「わたしたちもそうだったじゃない」

「ああ、そうだね。北区の形が大きな剣に見えるなんて大喜びしてたんだから。……でも、あれを分かってくれる人がいたとはね。しかも子どもじゃなくて、大人か……いや、子どもには今だってバカにされるよな……」

「そんなことないよ。健太くんに聞いたらかっこいいって言ってたから」

「えっ⁉」

「本当よ。今度、聞いてみるといいよ」

手紙を健太に渡すときに、須美子が健太に訊ねたのだった。すると、「あ、本当だ！　かっこいい‼」と大興奮だった。

「……そっか」

短くつぶやくと、ベンチに両手をついて涼二はすっと空を見上げた。

まばたきを堪えているその目には涙が浮かんでいる。

「そういえば涼二くん。アルバイトでお金貯めてるのに、豪太くんの新しい自転車のお金、出してあげたんだね」

「あれはまあ……安かったしね……」

視線を変えず、照れくさそうに涼二は言った。

「わたしも自転車買おうかな」

「豪太が買った自転車屋さん、親切な人だったらしいよ」

「そうなんだ」

「……今度、一緒に行く？」

「うん！」

雅美も公園の上に広がる空を見上げ、「長崎って鎖国してたけど、開国もしたでしょう？」と言った。

「ん？」

質問の意味が分からなかったようで、涼二は雅美の横顔を見つめている。瞳に溜まっていた涙は落ち着いたらしい。

（あっ！）

不意に須美子は先ほどから気になっていた、聞き覚えのある涼二の声について思い当たった。

（……そっか、鎖は繋がって――）

須美子の心の声が聞こえたわけではないだろうが、雅美は「ほら、切れる鎖もあれば、また繋がる鎖だってあるじゃない」と言って、涼二の手の上に自分の手を重ねた。

「……!?」

白い涼二の首筋に朱が差していく。一方の雅美は須美子たちがいることを忘れているのだろうか、平気な顔をしている。

「火傷の痕ってこれ？」

「……うん。だいぶ薄くなってきたけどね」

「形の変わる島に似てるね」

「えっ……？」

「浮島じゃなくて出島のほう」

「ああ……」

三日月や死神のカマと言われてきた自分の左手首の痕を涼二は眺め、「形の変わる島か、かっこいいな」と笑った。

「ねえ、あのバイク、平戸まで行ける？」

「……うん、道は繋がっているからね」

「じゃあさ、二人乗りで……行ける？」

須美子と育代は示し合わせて、涼二の答えを聞く前にそっとその場を離れた。

公園を出て振り返った須美子の目に、藤棚の下の二人が映る。

小さくなったその背中は、なんだか仲の良い小学生のように見えた——。

エピローグ

「それにしてもビックリしたな……」

花春のいつもの席に腰掛けると同時に、須美子は知らず知らずそう口にしていた。

育代は、先ほど「お茶を淹れるわね」と奥へ入っていった。

須美子はあらためて、先ほどの青年の横顔を思い出した。

田端台公園にいた坂上……五明涼二は、須美子が会ったことのある人物だった。

それは「牛蒡モチ」という言葉を知った日のこと。

五明涼二は霜降銀座商店街で、下瀬雅美とぶつかった相手だったのだ。

「あ、そうか……だから、あのとき――」

須美子が落としもののメモを持って追いかけたとき、涼二は『牛蒡モチなんて知りませんけど』と言っていた。逆にいえばそれは、「牛蒡モチ」でない部分には心当たりがあったということではないだろうか。つまり「下瀬三平」の「下瀬」という単語だ。

それは遠い過去の文通相手の記憶。あのころ、何度も目にした、そして葉書に自ら書いた「下瀬」の文字。

もしかすると、大人になったとはいえ、懐かしい雅美の文字を、あのメモから感じとっていたのかもしれない。

以前、「北とぴあ」のカフェで見かけた「坂」のつく名前の店員さんの話をしたとき、育代は「神様のいたずらで巡り会えてたりして」と言い、雅美は「そんな偶然の出会いあるわけない」と言っていた。だが、実際に二人は、それ以上に運命的な出会いを果たしていたのだ。

(もしかしたら今頃、あのメモのことに気づいて、二人とも驚いているかもしれないわね――)

縁は異なもの味なものである。

(それに健太くんも言ってたけど、牛蒡餅のゴボウとゴミョウも似てるし……)

そんなことを心の中で呟きながら、あの二人は、再会すべくして再会した、不思議な絆で繋がっていた二人だったのかもしれないと須美子は思った。

「そっか、死神でも切れない鎖ってあるのね……」

須美子はうっとりと宙に視線をさまよわせ、吐息とともに言葉にした。辺りは花々の良い香りで満たされ、いつでも春爛漫のこの場所は、この手の話にはぴったりのロケーションだ。

「え？　なんのこと？」

　花より団子の育代が、お盆にお茶と菓子を載せてやって来た。

「いえ、なんでもありませんよ。ただ――、育代さんと日下部さんの熱い絆は、切ることはできないだろうなって思ってたんです。ふふふ」

「ちょ、ちょっと須美ちゃん、突然何を言い出すのよ」

　育代は顔を真っ赤にした。

「あら、本当のことじゃないですか」

「もう、大人をからかわないの。わたしと日下部さんは、そんな熱い絆なんて――」

　入り口のドアが鳴り、「こんにちは」と男性の声が響く。

　噂をすれば影が差したのである。

「！」

　育代は驚いた拍子にお茶をこぼしそうになり、慌てている。

「こんにちは日下部さん、今日も熱いですよね」

「ん？　ええまあ、暑いですかな」

　日下部は須美子に屋外の気温の話をされたと信じて疑わない。

　こうなると須美子はニヤニヤがとまらない。わざと意地悪そうな微笑みで育代を見ると、さらに顔を赤くして「須美ちゃんたら！」と身もだえている。

いつも名探偵だとからかう仕返しですよ、と心の中で呟きながら須美子は、「育代さん、顔が赤いですよ。やっぱり熱いんじゃないですか？」と続ける。

「本当ですな。店内は快適だと思いましたが、そんなに暑いですかな」

「もう、やめて！」

育代はバシバシと須美子の背中を叩く。

「イタタタ、わ、分かりました育代さん」

日下部はそんな須美子たちを見て不思議そうな表情を浮かべる。

「えーと、今日は健太くんたちとケーキを食べるんでしたか」

日下部は訊ねる。

「あ、そうだった」

育代が時計を見る。午後二時半近くになっていた。約束は午後三時だ。

「急いでケーキを買ってこないといけないわね。えーと、あのとき健太くんどんなケーキが食べたいって言ってたっけ？」

「えーとたしか、大きなケーキって言ってまし……」

育代の顔を見て須美子は嫌な予感がした。

案の定――。

「……ねえ、須美子ちゃん。北区で一番大きいケーキってどこに売ってるかしら？　あと、三十分で謎を解いてちょうだい！」

育代の言葉に不思議そうな視線で問いかけてくる日下部に、須美子は笑って肩をすくめてみせた。

（おわり）

〔特別収録〕

軽井沢のセンセ失踪事件

内田康夫財団事務局

※この物語は、二〇一一年に実施した、「横浜ミステリーWalk～軽井沢のセンセ失踪事件」（主催：KADOKAWAグループ／監修：浅見光彦倶楽部）で使用したストーリーを、加筆修正したものです。

プロローグ

住み込みのお手伝いである吉田須美子の朝は忙しい。

一家の朝食の準備、給仕、片付けに始まり、毎日全員の洗濯に広い家の中を隅々まで掃除する。

須美子の勤め先は東京都北区にある浅見邸だ。家長は警察庁で刑事局長の要職にある浅見陽一郎。家族は母親の雪江と妻の和子、それに二人の子どもたち。そしてもう一人——。三十三歳になる居候のような立場の弟・光彦の全部で六人だ。

一人だけ生活リズムの違う光彦は、いつ起きてくるかは分からないので、常にアンテナを張っていなければならない。

今日はちょうど洗濯機を回し始めたときに、二階からあくびをしながら光彦が下りてきた。

「おはようございます、坊っちゃま。……もしかして徹夜ですか?」

須美子は先代のお手伝いからの引き継ぎどおり、自分より六つ年上のいい年をした光彦のことを、相変わらず「坊っちゃま」と呼んでいる。

「ん？ どうして分かったんだい」

「すごい隈ができていらっしゃるものですから……」

須美子は自分の目元を指さす。

「あれ、そう？」と光彦は両手で腫れぼったい瞼と落ちくぼんだ目の下をごしごしとこすった。

昨日は午前中から朝食も食べずに出掛けていって、夕方疲れた顔で帰って来たと思ったが――。

「原稿の執筆が今朝までかかっちゃってね……」

そう言って、また大きなあくびをした。

「――そうでしたか。お疲れさまでございます。すぐにお食事をご用意しますので、召し上がったあとはしばらくお休みくださいませ。お電話はおつなぎしないようにいたします。あと大奥様にもうまくお伝えしておきますので」

大奥様というのは、陽一郎と光彦の母・雪江のことだ。

「ありがとう。頼むよ。特に内田《うちだ》さんからの電話は、何も言わずに切っちゃったっていいからね」

「あら、めずらしいですね。いつもは軽井沢のセンセのお電話には、なんだかんだと言いつつもお出になるのに……」

軽井沢のセンセこと内田康夫《やすお》はこの家の者――特に雪江から、疫病神のごとく扱われている軽井沢在住の推理作家だ。かくいう須美子も内田を毛嫌いしており、光彦に幾度となく、「センセ」ではなく「先生」と呼ぶよう注意されるのだが、軽んじた呼び方を改める気はない。

「――まあね。しばらくはおふくろさんや須美ちゃんの忠告どおり、内田さんとは距離を置こうかと思ってるんだ」

「ええ、それがよろしいかと！　以前から申し上げていますけれど、あのセンセは坊っちゃまのことを利用してばかりなんですから」

須美子は、あのときだって、このときだって――と眉間にシワを寄せて力説した。

「ははは、そんなにいうほど、悪い人でもないのだけどね……」

「いいえ！　だいたい、あのセンセといったら、坊っちゃまが解決なさった事件を面白おかしく小説に仕立てて、しかも坊っちゃまを実名で登場させて出版してしまうばかりか、ご家族の皆様やわたしのことまで、ないことないこと……」

この家ではいつの頃からか、内田は次男坊の光彦を探偵という悪の道に引きずり込む、悪者ということになっている。しかし実を言えば、三流大学を卒業していくつかの会社をドロップアウトした光彦に出版社を紹介してくれ、曲がりなりにもルポライターという職に就かせてくれた恩人でもあるのだから、光彦としては無下にもできないようなのだ。

「まあまあ、そう怒らないでやってよ。それより須美ちゃん、そろそろ朝ご飯が食べたいんだけどな……」

「あ、も、申し訳ございません。ただいま」

須美子はぺこりと頭を下げると、急いでキッチンへ向かった。

コーヒーメーカーをセットし、トーストとハムエッグを焼く間に、野菜を洗ってサラダを準備する。慣れた作業なので、五分とかからず、ダイニングテーブルで待つ光彦の前に、できたての朝食を並べ終えた。

「いただきます」

行儀良く手を合わせる光彦に、須美子は「参考までに」と言い添えて、晩ご飯のリクエストを聞いてみた。

「うーん、そうだな、ハンバーグがいいかな」

「先週、お出ししたばかりですけど」

「一週間も経っているじゃない」

「一週間しか経っていません」

時間の感覚は人それぞれということではなく、この場合、単に光彦がハンバーグ好きなだけだと須美子は知っている。極端な話、三日続けてハンバーグだとしても、光彦は文句を言わないどころか、諸手を挙げて歓迎するに違いない。

「分かりました。今日は煮物中心のメニューで考えます」

「……まあ、煮物も美味しいよね」

どこか淋しげに言う光彦に、「何かありましたらお呼びください」と言い置いて須美子はダイニング以外の掃除にとりかかった。

二階と階段の掃除を終え、ダイニングに戻ってみると、ちょうどコーヒーを飲み終えた光彦が席を立つところだった。

「須美ちゃん、ご馳走さま」

「お粗末さまでございました」

須美子はお定まりの文句を返し、朝食の片付けとダイニングの掃除を手早く済ませた。

「——あら、坊っちゃま、お休みになるんじゃなかったんですか？」

しばらくしてリビングに顔を出すと、光彦がぼんやりとテレビを見ていた。

須美子は光彦の体が少し心配になった。

「コーヒーを飲んだらなんだか目が冴えちゃってね。歩きすぎて足は痛いし、くたくたなんだけど、眠れそうにないんだ。あ、須美ちゃんの掃除の邪魔になるなら、自分の部屋へ引き上げるけど——」

「いえ、どうぞ、ごゆっくりなさってください」

「ありがとう。お、横浜税関か……」

テレビ画面は、外国の寺院のような淡い緑の丸い塔がついた建物が映っている。横浜税関は横浜三塔の一つでクイーンの塔とも呼ばれているそうだ。無料で入れる展示資料館があり、密輸の手口が紹介されていたり、ブランド品のニセモノを当てるコーナーもあるそうだ。「税関」という言葉から敷居の高いイメージだが、麻薬探知犬をモデルとしたまん丸の犬のキャラクターがかわいらしい。

「――あ、そういえば坊っちゃま、昨日は横浜にお出掛けでいらしたんですよね。『旅と歴史』の取材だったのですか？」

須美子は光彦のクライアントである出版社の雑誌名を挙げた。

「いや、それが違うんだ。おふくろさんには内緒にしてほしいんだけど……実は内田さんがらみでね……」

「え、軽井沢のセンセですか！」

「うん」

「……それは、どんなご用事だったんですか？」

内容によっては、大奥様である雪江に報告しなくてはならないと須美子は身構えた。

「それがさ、内田さんが失踪……というか誘拐されたというか……」

「えっ！」

予想外の答えが返ってきた。

「そ、それで、センセはご無事だったんですか？」

「ああ、まあね」

須美子はほっと胸をなでおろした。やはりどんな悪人であろうと、自分の知った人物が、犯罪の被害者になるというのはいかにも寝覚めが悪い。

「——それじゃあ、坊っちゃまが助けて差し上げたのですね？　さすがです、坊っちゃま！」

「いや、まあ……助けたというほどのことをしたわけでもないんだけどさ」

「でも、センセにとって坊っちゃまは命の恩人ということですよね？」

「……それがそうでもないんだなあ」

光彦の煮え切らない返事が気になり、須美子の心の裡にだんだんと靄がかかってきた。

「……何があったんですか？」

「うーん、話せば長くなるんだけど——」

「あの……坊っちゃまがまだお休みにならないのでしたら是非、お話を聞かせてください。お昼の支度までは時間がありますので」

須美子の頭の中はたくさんの疑問符で埋め尽くされ、好奇心を抑えられなくなっていた。

「いいけど……怒らないで聞いてね？」

「……怒る？　よく分かりませんけど、善処します」

「ははは。実はね昨日――」

1

――朝、まだ光彦が目覚めたばかりの時間であった。

突然、机の上の携帯電話がけたたましい呼び出し音を鳴らした。

「うわっ！　……ん？」

驚いてベッドを飛び出し、見知らぬ番号の表示に首を傾げながら、恐る恐る通話ボタンを押す。

「はい……もしもし？」

「もしもし、あの、あ、浅見さん……浅見光彦さんでしょうか？」

少し切羽詰まったような甲高い男の早口が聞こえた。お笑い芸人にこんな声の男性がいたなと思いながら、光彦は「はあ、そうですが」と短く返事をした。

緊張しているのか、どもり気味の男の声が続けて名乗った。

「あ、はじめまして。わ、わたくし、光文出版の文芸編集部で内田康夫先生の担当をしております丸山《まるやま》と申します」

一流出版社の編集者と聞いて、光彦は警戒していた姿勢を改めた。

「あ、内田さんの担当編集者さんですか。それはいつもお疲れさまです。内田さんの手綱を握っていらっしゃるのは大変なご苦労と拝察します」

「ああ、いえ、そんなそんな……」

「えーと、それで、僕にどういったご用件でしょうか」

もしかすると、内田のおこぼれで、光彦に執筆の仕事をくれるという有り難い用件かもしれない。

「あのぉ、つかぬことをお伺いしますが、内田先生の行き先にお心当たりはないでしょうか」

「――は？」

「唐突にすみません。実は内田先生が、カンヅメになっていた横浜のホテルから、今朝方、失踪してしまったんです」

「え？　失踪……ですか？」

光彦は「また大げさな」と思った。

どうせ原稿書きに倦んで、その辺をぶらぶら散歩でもしているだけでしょう――と言ってやりたかったが、先方の深刻そうな様子に、光彦はぐっと言葉を呑み込んだ。

「もしもし？」

「あ、はい。聞いていますよ。失踪ですね」

「は、はあ、そうなんですよ。今朝一番でお原稿をいただくお約束になっていたのですが、八時に訪ねてみると、お部屋にいらっしゃらなくて、携帯も繋がらないんです……。フロントに訊ねてみたら、ずいぶん前——早朝のうちに外出したそうでして。部屋の鍵を開けてもらったのですが、どこにも約束のお原稿は見当たらなくてですね。……それで、机の上に、ホテルのメモ用紙が破り取られて、浅見さんのお名前とこの電話番号だけが残されていたんです。しかも急いで書いたような乱れた文字でして……。それで、もしかしたら浅見さんが行き先をご存じなのではないかと——」

「いえ、残念ながら僕は何も知りませんよ。……おおかた内田さんのことですから、締切が怖くて逃げ出しただけなのじゃありませんかねえ」

「は、はあ。わたしも最初はそうだとは思ったのですが……。わたしが八時に訪ねることは分かっていたわけですから、そこへわざわざ浅見さんの電話番号を残していったということは、浅見さんに連絡をしろということかと思いまして」

「なるほど。ですが、僕は内田さんの行き先なんて、一向に見当もつきませんよ」

「そ、そんなこと仰らないで考えてみていただけませんか。横浜で内田さんが立ち寄りそうな場所、どこか心当たりはありませんか。早く見つけないと、わたしの首が……」

最後は消え入るような声で丸山は言った。

「そうですねえ……あっ！　そうだ。確か内田さんは『横浜』を舞台にした小説を出してますよね。もしかすると、その舞台となった場所のどこかにでも、顔を出しているんじゃないでしょうか」

光彦はあまり自信はなかったが、思いつくままにそう提案してみた。

「『横浜殺人事件』のことですね。たしかあの作品も、浅見さんの事件簿を題材にして書かれていたんですよね。どこまでが事実でどこからがフィクションか分かりませんが……なるほど！　それで浅見さんのお名前が書いてあったのかもしれませんね。ありがとうございました。本に出てくる場所を探してみます！」

急に元気になった丸山は、最後は慌ただしく電話を切った。

「やれやれ、まったくあのセンセときたら、人騒がせだなあ」

光彦はブツブツ言いながら、パジャマを着替え始めた。

「しかし、僕の名前はともかく、なんで携帯電話の番号まで書き残したりしたんだろう……」

光彦が首をひねったそのとき、またしても電話が鳴った。

「今度はなんだ」

光彦は着替える手を止め携帯電話を掴む。

「……あっ」

画面には、内田の名前が表示されていた。

やっかいごとばかり持ち込む内田からの電話はいつもなら敬遠すべきだが、今日は丸山への義理立ての気持ちもあって、すぐに応答した。

「だめじゃないですか先生。編集の丸山さんが困りはてて僕のところへ……」

「浅見ちゃん、助けて！」

開口一番苦言を呈した光彦の言葉を遮って、内田の悲痛な声が響いた。

「も、もしもし？　ちょ、ちょっと先生、助けてって、いったいどうしたって言うんですか」

思いもよらない内田の声に、光彦は心底驚いた。

内田は自らホテルを出て、ただ締切から逃げ出したのだと思っていたが、何があったというのだろうか。

すると突然、ドスのきいた声色の男が電話口に出て、「浅見光彦だな」と言った。それは、少しくぐもった感じの、低い声だった。

「……はい。浅見ですが、あなたは？」

「内田の命は預かっている。助けたければ、十時に横浜の大さん橋へ来い。このことは警察はもちろん、誰にも言うな。話せば内田の命はない」

男は名乗らず、低いしゃがれ声で抑揚なく喋った。

「ちょっと待っ――」

光彦が問いかける前に電話は切れ、あとには無機質な電子音だけが残された。

「内田さんの失踪は、実は誘拐事件だったっていうことか……」

光彦は我に返ると急いで身支度を整え、階段を駆け下りた。

(丸山さんに連絡……いや兄さんに相談すべきか――)

携帯電話の画面を睨んで迷う。

『誰にも言うな。話せば内田の命はない』

男の声が脳裏によみがえり、携帯電話をポケットにしまった。

「須美ちゃん、今日は朝食――いや昼食もいらないから!」

そうキッチンの方角へ言い放ってソアラの鍵を摑み、光彦は玄関を飛び出した。

2

横浜公園で高速を降りると、海からの風が開け放したソアラの窓へ、潮の香りを運んで来た。晴れた日の横浜は、野放図に明るい印象を受ける。異国情緒が漂うせいなのか、それともすでにこの土地自体がそういう気質に染まっているのかは分からない。

目指す大さん橋は横浜スタジアム前を左折するとすぐだった。

現在の横浜港大さん橋国際客船ターミナルは二〇〇二年に竣工した、大型客船が停泊できる国内屈指の美しい桟橋だ。ターミナル内にはセレクトショップやレストランなどもあり、一階に駐車場、二階には広々としたホールが広がり、ウッドデッキと芝生が敷き詰められた屋上広場は二十四時間出入り自由とあって、数々のドラマや映画の撮影などにも使われている有名な観光地である。

大さん橋はそれ自体年間三百万人以上が訪れる観光スポットとなっているが、屋上からは三百六十度のパノラマが広がり、横浜の観光名所を一望のもとにできる。

九時五十分、光彦はターミナルの駐車場にソアラを滑り込ませた。まだ時間が早いせいか空いている。怪しげな人物は誰も見あたらなかった。

「……上か」

エレベーターに乗り込み二階のボタンを押すと、光彦はゴクリと唾を飲み込んだ。

内田の身を案じ、本当に誰にも言わずに家を出てきたが、待っているのが単独犯とは限らない。最悪、自分の身の危険も考慮する必要があった。

エレベーターは静かな到着音とともに動きを止め、するすると扉が開く。

開いた扉の十メートルほど先に、サングラスにマスクをかけた、いかにも怪しげな格好の男が一人、待ち構えるようにこちらを向いて立っていた。

四十代くらいだろうか。黒の中折れ帽を目深に被り、黒のスーツに黒のネクタイというその姿は、フォーマルな出で立ちであるにもかかわらず変に悪目立ちしている。

だいたいこの梅雨の晴れ間の暑い時期に、スーツにネクタイに帽子だなんて、何かの撮影でもなければ、仮装大会かと疑いたくなる。

光彦は男の二メートル手前まで歩き、足を止めた。

「――浅見光彦だな」

ゴホンと一つ咳払いをしてから、男は光彦の名前を呼んだ。マスク越しで少しくぐもったドスの利いたその声は、最前の電話の男に間違いない。

「内田さんはどこだ」

男は光彦の問いかけを無視し、「この謎を解けば、無事に返してやる」と言って、一枚の紙を差し出した。

「……!?」

光彦は訝しげに眉をひそめながら、男に一歩近づき、差し出された四つ折りの紙を受け取った。

(どういうことだ――)

違和感のある要求に光彦は首を傾げる。

謎を解けば、本当に内田を無事に返してもらえるのだろうか――。

保証の限りではないが、いまの光彦には、謎を解くより他に選択肢はないように思われた。

目の前の男は一人とはいえ、体力に自信がない光彦は、誰かに喧嘩で勝てると思ったためしがない。対照的に、相手は何かスポーツでもしているのだろうか、がたいはいいし、引き締まった体をしていかにも俊敏そうだ。光彦が向かっていって、かなう相手とはとても思えなかった。

「安心しろ。言うとおりにすれば、おまえも内田も悪いようにはしない。ただしこのことは誰にも言うな。黙って指示に従えばいい。お前は常に見張られているから勝手なことをすれば内田の命はない。いいな」

光彦がゴクリと生唾を飲んだのが分かったのか、男はそれだけ言うと去って行った。遠ざかっていく黒い背中が見えなくなってから、光彦は受け取った紙を広げてみた。それは、ここ大さん橋も載っている横浜のA3判の地図であった。ところどころに赤い星印がつけられ、番号がついている。全部で「6」まであるようだ。

「とにかく、まずはこの星印の場所に行ってみるしかないか……」

どこも車で行くほどの距離ではない。行った先で都合の良い駐車場を探せるとも限らない。光彦はしかたなく愛車を駐車場に残したまま、徒歩で出掛けることにした。

「一番目の星印は、おそらくここだな……」

大さん橋を出て十分とかからず目的地に到着した光彦は、「赤い靴はいてた女の子像」を見つめ呟いた。像の周囲には、犬の散歩をする人や、子ども連れの家族、カップルなどの姿がひっきりなしに往来する。

3

この「赤い靴はいてた女の子像」は、一九七九年、ここ山下《やました》公園に作られた。これは童謡『赤い靴』の作詞家・野口雨情《うじょう》の詩のイメージをモチーフにしたものとされている。

そしてここ山下公園は、横浜港沿いに長く海が望める横浜で最も有名な公園といっても過言ではない。

南東から北西方向に約八百メートル、幅百メートルの細長い公園で、山下埠頭の入り口から大さん橋の入り口までを公園で繋いでいる。現在のいかにも平和な様子からは想像もつかないが、関東大震災のがれきを埋め立てて、昭和五年に開園した公園だ。

園内には見所も多く、「赤い靴はいてた女の子像」をはじめ、『かもめの水兵さん』の歌碑や、世界の広場、水の階段、芝生の広場などもあり、日々、多くの来園者が集っている。

また海上交通で横浜駅まで行けるシーバスを始めとする、観光船乗り場も、ここ山下公園にはある。二〇一六年に国の重要文化財に指定された「日本郵船氷川丸」が係留されているのもこの公園だ。

光彦が以前関わった青い目の人形にまつわる殺人事件では、この公園からほど近い、「横浜人形の家」で重要な手がかりを得たり、山下公園の向かいにある由緒あるホテルに宿泊したこともあった。光彦はしばし感慨に浸り、海を眺めた。

（横浜テレビの紅子《べにこ》さんは元気だろうか――）

あの事件の発端は、藤本《ふじもと》紅子がプロデューサーを務めていた番組、「TVグラフィック24」で、レポーターをしていた山名《やまな》めぐみが、「童謡『赤い靴』の女の子、どこへ行ったか知りませんか？」と取材をしていたことであった。

光彦はあの事件のあとに知ったことではあったが、「赤い靴をはいてた女の子」には、悲しい実話がある。

彼女のモデルとなったのは、きみちゃんという実在の少女で、明治時代に静岡で生まれた。母親は未婚の母で、北海道の開拓団として函館《はこだて》へ渡り、その後さらに厳しい条件の土地に入植を決めたことから、きみちゃんを、函館の教会のアメリカ人宣教師夫妻に養女として託した。

ところが夫妻が帰国することになったとき、きみちゃんは結核に侵され、やむなく麻布《あざぶ》十番《じゅうばん》の鳥居坂《とりいざか》教会の孤児院に預けられた。当時六歳だったきみちゃんは、三年間の闘病生活の後、九歳で生涯を閉じたのであった。

そのことを知らない母親は北海道で結婚し、きみちゃんの妹を出産。後に家族ぐるみで親しくなった野口雨情にきみちゃんへの思いを話す。その母性に感動した野口雨情がこの詩を綴り、童謡『赤い靴』は世に出たのである。

母親はきみちゃんが幼くして亡くなっていたことを知らぬまま生涯を終えた。

その後、きみちゃんの妹が、『赤い靴』の女の子は自分の姉であるという新聞投稿をしたことをきっかけに、北海道テレビのプロデューサーが、五年あまりをかけて彼女のその後を突き止めた――という経緯がある。

『赤い靴』の女の子は、横浜の波止場から船に乗ることなく、その幼い生涯を日本で閉じていたのだ。

光彦は童謡を口ずさみ考えた。

(内田さんはどこへ行っちゃったのだろう……ん?)

何気なく「赤い靴はいてた女の子像」の後ろに回ると、地図と同じ星印のついたカードが、台座の下に落ちているのに気づいた。

カードには、ワープロ打ちの文字で一文だけが書かれている。

〔横浜に一つしかないものを探せ〕

「……なんだこれは……」

光彦はカードを裏返したり、陽に賺《すか》したりして矯《た》めつ眇《すが》めつ眺めてみたが、これといって変わったところはない。

「横浜に一つしかないものを探せ、か……もしかして」

ふと視線を感じて周囲を見回すが、例の黒服の男の姿は見えない。

『お前は常に見張られている』

男の低い声が耳朶に蘇り、光彦はカードをポケットにしまうと、足早にその場を立ち去った。

4

地図をたよりに二番目の目的地を目指す。この辺りは何度も訪れている場所だから、慣れたものである。山下公園の中を通り抜け、マリンタワーの前で公園通りへ出た。

横浜人形の家の前を通り過ぎ、山下橋の交差点を渡り、首都高速道路の下をくぐって右手に進路を取ると、しばらく歩いた先、迎賓館の向かいにその公園は見えてきた。

港の見える丘公園。ここもまた、横浜を代表する公園の一つであった。

元々は幕末にイギリス・フランス軍が駐留した地で、その後、太平洋戦争後はアメリカ軍が接収していたそうだ。一九六二年に当時の流行歌『港が見える丘』にちなんで名付けられ、市民の憩いの場として開園した。

五・七ヘクタールという広い園内には、起伏に富んだ地形を活かし、大佛《おさらぎ》次郎《じろう》記念館や横浜市イギリス館、山手111番館、神奈川近代文学館などが建ち並び、ローズガーデンや噴水広場など見所も多い。

『パリ燃ゆ』や『帰郷』、『赤穂浪士』などで有名な作家・大佛次郎は、横浜の生まれで、横浜を描いた作品も多い。『霧笛』など、光彦でも一度は読んだことのある名作だ。その記念館がこの公園内にあるのは前から知ってはいたが、なぜだか縁がなく訪れたことはなかった。

元英国総領事館だった横浜市イギリス館は、現在では無料開放されており、イングリッシュローズガーデンとも相まって異国情緒溢れる建築美を見せている。

山手111番館は、その隣に位置するスパニッシュスタイルの建築で、設計者はJ．H．モーガン。アーチがその特徴をよく表している。館内には昔懐かしい洋館のスタイルを再現しており、喫茶室などもあるようだ。

入り口から階段を上り、光彦は公園の奥へと進んでいく。

高台に出ると、海から吹き上げる潮風が涼しい。

この公園も以前関わった事件で訪れたことのある場所だ。あのときはぶらぶらと歩いていて偶然行き当たった。近くにある望郷亭というレストランでスパゲティを食べたことを、光彦はまるで昨日のことのように思い出すことができた。なんなら、粉チーズをたっぷりかけ、タバスコをかけたスパゲティの味だって具体的に思い出してお腹を減らせるくらいだ。

「――この星印が示している場所は、たぶんここだな」

光彦は公園の中央付近にある展望台に上がって、周囲を見渡した。デートスポットとしても有名なこの場所は、独り者の光彦としては敬遠したい場所ではあったが、そうも言っていられない。

直感に任せて例のカードを探すと、展望台の中央の柱の下のほうに、それはあった。

〔それはイットリウムではない〕

カードには、「赤い靴はいてた女の子像」のときと同様、その一行だけが書かれていた。

「イットリウムって化学で習ったあれだよな……ん？」

光彦の脳裏に、ふと一つの考えが浮かんだ。

「……そういうことなのか？　だとしても、それがいったいなんだっていうのだろう。

『横浜に一つしかないもの』が分かったとしても、それがどう結びつくのか……」

5

三番目の目的地は、中華街にあるようだ。

港の見える丘公園を出て谷戸坂を下り、谷戸橋を渡って国道へ。中華街へは朱雀《すざく》門から入った。

「いい匂いだなあ」

横浜中華街は、東アジア最大の中華街だ。辺りの中華料理店はどこも繁盛しているようで、中華スープの良い香りが漂っている。

やがて道の左側に横浜媽祖《まそ》廟なる極彩色の建物が現れた。

入り口の案内を読むと、道教の神様を祀る廟らしい。正式には「横浜大天后宮」という と書かれていた。媽祖は道教の神々の中で位の高い女神で、最も人気のある崇拝神の一人なのだそうだ。

いかにも中国を思わせる色鮮やかな建物である。

光彦は正面を横切るとき、祖廟に向けて小さくお辞儀をし、そこを通り過ぎた。

周囲に漂う様々な料理の香りに、光彦の腹が小さく鳴った。

以前、入ったあの店はどこだったろうか。車海老のチリソース炒めが絶品だった。横町の小さな店だったことは記憶しているが、似たような道ばかりで、その横町の場所さえ分からない。

「——おっと、そんなことを考えている場合じゃないか」

頭を振って、光彦は歩くスピードを上げる。しばらくして左に折れると、目的地が近づいて来た。

「次の星印は……ここだな。関帝廟《かんていびょう》か——」

関聖帝君を主神に祀るこの祖廟は、もともと幕末の開国から数年後、一人の中国人が関《かん》羽《う》の木像を祀ったことが始まりとされている。関聖帝君とは関羽を神格化した名なのだそうだ。関羽は言わずと知れた武神である。

光彦は以前読んだ『三国志』を思い出し、これまた派手な色使いの祖廟へと近づいた。

ここでは例のカードを探すのに、少々手間取った。

普段から無宗教を標榜してやまない光彦は、あくまで儀礼的にではあったが、関帝廟に詣でて線香を上げ手を合わせた。

祖廟の階段や柱をしげしげとながめ、観光客の振りを装って例のカードを探したが一向に見つからない。見落としということはないだろう。

半ば諦めて再度祭神に礼をして楼門をくぐろうとすると、足元にそれはあった。

光彦は風で飛ばされそうになっていたカードを慌てて拾い上げる。さっきまではなかったから、光彦が戻ってくる直前に置いたに違いない。

慌てて周囲に目を配るが、人通りが多く、例の黒服の男の姿も見えなければ、誰の仕業なのかも分からなかった。

〔それはホテルではない〕

諦めてカードに目をやると、これまで同様、素っ気ない一文だけが書かれていた。

「……やはりそうか。こうして絞り込んでいくわけだな」

一読したあと、光彦の頭の中には、パズルの要領で文字が並べられていく。

次の星印へは徒歩十分ほどだろうか。場合によっては混雑していることも考えられる場所だけに、カードを無事に見つけることができるか少しばかり不安になった。

6

四番目の目的地は横浜スタジアムだ。

ここは言わずと知れた横浜ＤｅＮＡベイスターズの本拠地であり、プロ野球の試合はもちろん、有名アーティストの野外コンサートや、市民の交流イベントなどに幅広く利用されている。

この場所の成り立ちは明治時代にまで遡る。

当時、外国人居留地があり、ここはクリケットグラウンドとして整備されていた。その後、グラウンドを囲む形で横浜彼我公園、後の横浜公園が作られる。一九二九年には、関東大震災復興事業の一環として「横浜公園球場」が竣工。

一九三四年には、米大リーグ選抜対日本代表の親善試合が行われ、ベーブ・ルースやルー・ゲーリックといった名だたるスター選手もプレーしている。

終戦後には駐留軍に接収され「ゲーリック球場」と命名されるも、一九五二年には大部分が駐留軍の接収を解除され横浜市に返還された。

その後、老朽化に伴いスタンドの使用が制限されたが、横浜平和球場再建推進協議会が十八万人を超える署名を集め、一九七八年、現在の横浜スタジアムが完成した。

地図の星印は、円形のスタジアムのほぼ西側にあたる部分につけられている。

光彦は横浜公園のタイル張りのケヤキ並木を進み、スタジアムを見上げながら歩いた。

「この星印はおそらくこの辺りだよな……」

そこにはチケット売り場があって、今日は試合もイベントもないのか、窓口周辺は閑散としていた。光彦が辺りを見回すと、大きく目立つ時計の下で、例のカードを発見した。

〔それはローマ数字で一〇〇〇を表すものではない〕

入手したカードには、またもや一行だけのメッセージが書かれていた。

「これで謎は解けたけど、結局、それが、何を示しているのか……。いくつか可能性があるんだよな——」

光彦は他の三枚のカードを取り出して考える。

星印は全部で六つ。残りは二か所。

光彦は地図を広げ、あらためて全体を見渡した。横浜は徒歩圏内に様々な文化が渾然一体となった現代的な機能都市といえる。そこを舞台に犯人は何をしようとしているのだろうか。

「残り二か所、行ってみるしかないか」

光彦は五つ目の星を目指した。

7

横浜スタジアムからみなと大通りを北東へ進み、南仲《みなみなか》通りを馬車道《ばしやみち》まで歩く。

光彦の取材は基本的に車での移動が多い。普段の運動量からいったら、今日は通常の何倍も歩いていることになる。明日はきっと筋肉痛だぞ――と覚悟したころ、それが目に入った。

「ここか……」

光彦がおのぼりさんよろしく口を開けて仰ぎ見た建築物は、まるで外国の宮殿のように荘厳で美しい外観をしていた。

五番目の目的地、神奈川県立歴史博物館の本館である。

一九〇四年に明治時代の名建築家、妻木頼黄《つまきよりなか》によって設計されたネオバロック様式の建築で、地上三階、地下一階からなる。元は横浜正金銀行本店として建てられた建物である。外壁には石材を使用しているが煉瓦造りで、重厚な彫刻が施された石柱と立派な梁が目を惹く。そしてなんといっても一番の特徴は屋根の上に乗った巨大なドームだろう。

一九六九年には国の重要文化財に指定され、一九九五年には国の史跡指定、二〇〇七年には近代化産業遺産にも認定されている由緒ある建築物だ。

一九六七年に神奈川県立博物館となり、一九九五年、そこから人文系部門を母体にして神奈川県立歴史博物館にリニューアルされた。

目当てのカードは、そんな由緒ある建物の玄関脇にある「国指定重要文化財」と刻まれた石碑の足元にあった。

〔それは一〇〇〇になるとつく〕

カードにはまたも一行だけが記されていた。だが、今までの三枚と違い、「それは～ではない」という形の文章ではなかった。

「なるほど、ここは補強というわけか。一〇〇〇になるとつく……うん、間違いない。『横浜に一つしかないもの』は分かった。……だけどやっぱり、それを絞り込むための条件がまだ足りないんだよな。……ふう、結局、全部行かないといけないのか……」

光彦は踵を返し、馬車道を海の方角へと向かう。

馬車道の歴史は幕末に遡る。江戸幕府が横浜を開港した際、関内《かんない》に外国人居留地が作られた。そこと横浜港を結ぶ道路のうちの一つがこの道で、外国人の乗る馬車がよく通っていたことから馬車道と呼ばれるようになったらしい。

馬車道はそのまま万国橋《ばんこくばし》通りへと通じる。万国橋で港湾内の水路を渡り、交差点を右に折れると、目的地が見えてきた。

8

日本で最初の近代的な埠頭として、「新港ふ頭」は明治政府によって建設された。その一環で、国の保税倉庫として誕生したのが、有名な赤レンガ倉庫だ。

六番目の星印は、スタート地点の大さん橋のすぐ近くにある、この赤レンガ倉庫の一号館を指し示していた。

一九一一年に二号館が先に、二年後の一九一三年に一号館が竣工した。倉庫は、当時日本初だった荷物用エレベーターやスプリンクラーなども備えていた。

関東大震災では倉庫が半壊。すぐに復旧作業が行われ、一号館はほぼ半分の大きさになったが、七年後には修復工事が完了し、再スタートを切っている。

終戦後はアメリカ軍に十年間接収されたり、やがては老朽化に伴い倉庫としての役割が低下し、一旦閉鎖されるなどの歴史を経て、保存、活用に向けての改修工事をしたあと、二〇〇二年に現在の商業施設としてリニューアルオープンした。

現在はイベントスペースなども設けられ、多くのテナントが入る巨大な商業スペースとして多くの地元客、観光客を呼び込んでいる。

一号館、二号館の赤レンガ倉庫の間を抜け、一号館の裏手に回ってみると、そこにカードは落ちていた。

〔そこから二つ引いた場所に内田はいる〕

「二つ引いた場所？　どういうことだ。この一文字から二つ引くというのは、二つ前ということか……いや、それなら二つ戻ったというはず……あっ」

ふと光彦がカードを裏返して見ると、このカードだけ裏側にも何か書かれていた。

「山？　いやフォーク？」

それは三つのとがった形だった。それを見た瞬間、光彦のデータベースの引き出しから、一つの知識が顔を覗かせた。

「そうか！　たしかあの場所が——」

9

赤レンガ倉庫から急ぎ足で歩くこと五分。

光彦は地図をたたみ、レンガと花崗岩でできた美しい建物を見上げた。

「ようやく、最終地点か……」

光彦が中をそっと覗くと、サングラスにマスクをかけたあの黒い男の姿が目に入った。光彦は男に見つからないよう静かに中に入る。そして、柱の陰に素早く身を潜めると、ポケットから携帯電話を取りだし、ある番号に電話をかけた。

するとヽヽヽ、陽気な呼び出し音が流れた。男は慌ててマスクを外してから通話ボタンを押す。

「は、はい！　もしもし？」

それは、先ほどまでのドスの利いた低い声ではなく、甲高い男の声だった。

「丸山さん、内田先生はどこですか」

「えっ？」

男は驚いたように、あたりをキョロキョロと見回した。光彦は電話を切って、柱の陰から一歩踏み出し姿を見せた。

「あっ……！」

光彦の姿を見て、その男……丸山は情けなさそうに顔を歪めた。

「どうせ、そのあたりに先生も隠れているんでしょう？」

光彦が近づきながら話しかけると、それを遮るように丸山が泣きそうな声で、肩にすがりついてきた。

「浅見さん、助けてください！」

サングラスを外して涙声で言う丸山に、光彦は驚いて訊ねた。

「ど、どういうことですか。今回の事件は狂言だったんじゃないんですか？」

「そ、それはその……」

言いよどむ丸山の様子を肯定と捉え、光彦は一つため息をついた。

「どうせ内田さんが言い出したことなんでしょう。誘拐事件を演出して僕を駆り出し、そして何か小説のネタにでもしようってことだったんじゃないですか？　しかし、内田さんにしてはうまいこと考えましたね。まずは丸山さんが僕に電話をかけ、一旦は失踪事件に見せかける。そして、そのあと内田さん自らの声を聞かせて、誘拐事件だと思わせる。最初から内田さんが電話をかけてきていたら、僕は嫌な予感がしてその電話に出なかったかもしれません。でも、丸山さんから先に電話があったので、もしかして本当に事件に巻き込まれたのかもしれないと考えてしまいましたよ」

一気に話す光彦の勢いに押され、丸山はまばたきをすることさえ忘れているようだ。

「きっと最初の電話のときから内田さんは隣にいたのでしょう。違いますか、丸山さん？」

「そ、そうです。し、しかし、どこから気づいていらっしゃったんですか……」

光彦に呼びかけられ、忘れていた分を取り戻すかのように、丸山は何度も目をパチパチさせながら答えた。

「一枚目のカードを見つけたときから、もしかして——とは思っていましたよ。だって、

『横浜に一つしかないものを探せ』だなんて、こんな意味不明なことをさせる理由が分かりませんよ。どうせまた、内田さんが僕を利用しようとしているんだろうなって。まあ、結局最後までそれに付き合う僕も、自分でもどうかと思いますけどね……」

光彦は苦笑しながら言った。

「す、すみませんでした。浅見さんを騙すようなことをしてしまって。『新作の執筆のためだから、一芝居打つのに協力してほしい』と先生に頼まれまして……。あ、でも、詳細は聞いていないんです。怪しい格好をして、大さん橋で指示されたとおりのセリフをしゃべって、あとは先回りして指定された場所にあのメモを置いていくのが、わたしの役目でして。多分、身代金の受け渡し方法を検討していらっしゃるのかなと思っていたのですが……」

丸山は弁解するように早口でそう言った。

「なるほど、そういうことでしたか。——それで内田さんは？」

「あっ！　それなんですよ。こんなこと、頼めた義理じゃないのは分かっているんですけど、浅見さん、助けてください！　本当はここから浅見さんをホテルに連れていって、そこでネタばらしをする予定だったんです。先生はそれまでホテルで原稿を書いているって約束で……。それが、さっき途中経過を報告しようと携帯に電話したら、一向に出る気配がないんです。それで心配になって、ホテルに電話したら——」

フロント係の話によると、内田はずいぶん前に、ホテルから出て行ったというのだ。

「浅見さん、どうしましょう！　先生はいったいどこへ！　もしかして本当に失踪してしまったんじゃ……!?」

丸山はオロオロしながら訴えた。

そんな丸山の姿を見て、光彦は「ははあ、さては……」と頭に閃くことがあった。

――と、そのとき、光彦の携帯電話が鳴った。ディスプレイには件《くだん》の内田の名前が表示されている。

（やっぱり……）

光彦は一つため息をついてから電話に出た。

「やあ、浅見ちゃん。無事に辿り着いたかい？」

「まったく、やり過ぎですよ先生。危うく兄に連絡するところでしたよ。本当に事件扱いされたらどうするつもりだったんですか」

「それはそれで貴重な体験だな、はっはっは！」

携帯電話から漏れるほどの内田の笑い声に、丸山の動きがピタッと止まった。幽霊のような不気味な動きで、ゆっくりと浅見に近づいてくる。それを横目に見ながら、浅見は
「……何を言ってるんですか。それで、先生はいま、どこにいるんですか」と訊ねた。

「まあ、それはいいじゃないの」

「どうせ、中華街の有名処で車海老のチリソース炒めでも食べているんでしょう。美味しそうな匂いがしてますよ」

「えっ、本当？……って、電話で匂いが伝わるわけないじゃないの」

「やっぱりそうなんですね？」

「いやあ、だってせっかく横浜まで来たのに、ホテルに三日もカンヅメなんだよ。そりゃあ、あそこのホテルの料理は旨いよ。特にカレーは毎日でも食べたいくらいさ。でもさあ、横浜っていったら他にも食べたいものがたくさんあるだろう。それなのに、丸山くんがぴったりくっついて離れてくれないんだよ。そこで、僕は彼の目を欺く方法を考えたってわけだ。大学時代は役者や声優を目指していたっていうだけあって、彼の演技はなかなかの出来だったろう」

「欺くって！　ちょっと先生、それじゃあ新作の執筆のためっていうのは嘘だったんですか！」

途中から光彦の携帯に耳を近づけて聞いていた丸山が、甲高い声で叫んだ。

「うわっ、丸山くん、聞いてたの。いやいや、新作の執筆のためっていうのも嘘ではないんだよ。事件に巻き込まれやすい浅見ちゃんのことだから、横浜でグルグル動き回らせれば、また何か事件にでもぶち当たるかもしれないと思ってね。そうすれば、僕の新作にも使えるだろう。まあ、言うなれば一石二鳥を狙ったたってわけだ。どうだい浅見ちゃん、何か事件は起こったかい？」

「……こんな手の込んだことを考える時間があるのでしたら、ご自分で物語を練ったほうが早いと思いますけどねえ」

「いいから、いいから。またいつものように顚末をまとめて、きみの事件簿を僕に貸してくれたまえ。それまで、僕はちょっとブラブラして、横浜に一つしかないものを、たくさん食べてくるから。それじゃあ、よろしくね」

そう言って電話は切れた。

「ちょっと先生！　やっぱり、本当は食べ歩きだけが目的なんでしょう！」

光彦の手から携帯をもぎ取り丸山が叫んだ。今にも携帯電話を床に投げつけそうな勢いに、光彦は慌てて奪い返す。

「丸山さん、内田さんの電話の後ろで中華料理店の呼び込みの声が聞こえていました。さっき、関帝廟に行ったときに聞いたものと似ています。関帝廟近くの中華料理店をまずは探してみてください」

「分かりました」

丸山はゴホンと咳払いしたあと、鬼のような形相を浮かべ「くそー、絶対見つけてやる！」とドスの利いた声で言いながら、駆け出していった。

「……丸山さんの声の変わりようはすごいな。でも、今のは演技じゃなくて、本気で怒っていた気がするけど、内田さん大丈夫かなあ。『軽井沢のセンセ失踪事件』が本当に始まらなきゃいいけど――」

エピローグ

「――というわけなんだよ」

「もう、あのセンセときたら、やっぱり坊っちゃまに迷惑をかけて!」

十五分ほどの光彦の話を聞き終わるや否や、須美子は頰を膨らませた。

「須美ちゃん、怒らないで聞いてって言ったのに……」

「だって、センセのせいで坊っちゃまは、お疲れの体で徹夜する羽目になってしまったじゃありませんか。やっぱり坊っちゃまはお人が良すぎるんです。なんだかんだ、あのセンセの口車にまんまと乗せられて、いつもたいへんな目にあって――」

須美子は涙目になりながらエプロンの端を握りしめた。

「……ま、まあ、否定はできないけどね。でも、面白い謎だったよ。ところでさ、須美ちゃんも分かっているんじゃない? 『横浜に一つしかないもの』の正体が?」

「え……」

光彦に言われて、須美子は途中で自分も謎を解こうと努めながら、話を聞いていたことに気づいた。

「は、はい。多分ですけど……」

須美子は指で目尻を拭いながら、答えた。

「やっぱりね。じゃあ、答え合わせしてみようか、聞かせてもらえるかい、須美ちゃんの推理を――」

光彦の鳶色の瞳が挑むように須美子に向けられた。

須美子は背筋を伸ばし、ゴクリと唾を飲み込んでから口を開いた。

「――坊っちゃまのお話をお聞きして、『横浜に一つしかないもの』は回収したカードにより絞られていくんだと思いました。まず『イットリウムではない』という言葉から元素記号の『Y』ではないという意味だと思い、横浜をアルファベット表記の『YOKOHAMA』にして考えてみました」

光彦が微笑んだのを確認して、須美子は続けた。

「『YOKOHAMA』に一つしかないものは、『Y』、『K』、『H』、『M』です。『O』と『A』は二つありますので、条件に当てはまりません。『イットリウムではない』ということから『Y』も消えましたので、残りは『K』、『H』、『M』。さらに、『ホテルではない』

というカードから、ホテルを表す『H』も消えます。さらに、『ローマ数字で1000を表すものではない』というカード。これは自信はないのですが、たしかローマ数字で一〇〇〇を表すのは『M』だったと思いますので、これも消えます。つまり『YOKOHAMA』に一つしかない『Y』、『K』、『H』、『M』の中で、残ったのは『K』です。そして――」

一気に喋った須美子はここで一度、深呼吸をしてから話を続けた。

「『それは一〇〇〇になるとつく』というカードからも、そのことは補強されます。一〇〇〇メートルになると一キロメートル。『m』が『㎞』になることから、一〇〇〇になるとつくものは『K』です」

どうでしょうかといった目で、須美子は問いかけた。

「さすが須美ちゃん。正解だよ」

光彦は嬉しそうにそう言ってから続けた。

「僕はね、『K』が残ると気づいたとき、もうその場所に行けばいいのでは――って一瞬思ったんだ。だけど、候補がいくつかあってね。『K』のロゴで有名なお店や『K』がつく施設とか……。もしかして須美ちゃん、内田さんがいた場所もどこだか分かるかい？」

光彦はついでにといった感じで須美子に訊ねた。

「『そこから二つ引いた場所に内田はいる』の答えですね」

「うん」

「その言葉と裏に描かれていた形から、ジャックの塔でしょうか」

須美子は先ほどテレビで「横浜税関」が「クイーンの塔」と呼ばれているというのを思い出した。横浜三塔の一つだとも言っていた。つまり、横浜には「キング」、「クイーン」、「ジャック」と呼ばれる三つの塔があり、あのフォークのような形はそれを表しているのではないか——と。それに気づけば、トランプの「K（キング）」は十三だから、二つ引いた十一は「J（ジャック）」になると考えたのだ。

「お見事。そのとおりだよ」

光彦は心底感心した様子でうなずき、須美子に拍手を送ってから付け加えた。

「ちなみに、ジャックの塔は横浜市開港記念会館のことさ。高さ三十六メートルの赤煉瓦の時計塔がシンボルとなった建物で、公会堂建築物として国の重要文化財に指定されている。一九一七年に完成当時は日本で初の公会堂だったんだってさ。建物内にはいくつものホールや会議室なんかもあって、現在も実際に使われている。内田さんが用意した答えはそこだったってわけ。ああ、ちなみにキングの塔っていうのは神奈川県庁の本庁舎のことなんだけどね」

「へえ、そうだったんですか」

「それにしても、すごいね須美ちゃん。きみはやっぱり、名探偵の素質があるんじゃないかい？」

「……えっ⁉」

光彦からそんなことを言われ、須美子は動揺した。浅見家では「探偵」という単語はご法度なのだ。光彦は事件や謎があるとすぐに首をつっこみ、雪江から「陽一郎さんの迷惑になるんですから、探偵の真似事などおやめなさい」と、いつも叱られている。それをお手伝いの自分までもが、そんなことをしようものなら——。

「いま、名探偵がどうとかって聞こえましたけど？」

頭に浮かんだ畏怖の対象である雪江が、リビングに入ってきた。

「！」「！」

光彦と須美子は二人揃って硬直する。

「光彦、あなたまさか、また変なことに首をつっこんでるんじゃないでしょうね」

「や、やだなあお母さん。空耳ですよ。ねえ、須美ちゃん」

「え……あ、わたし、そろそろお昼ご飯の準備に取りかからないと——」

急いでキッチンへと駆け込んだ須美子は、後ろから光彦の恨めしげな視線を感じ、今晩の夕食はハンバーグに変更しようと思うのであった。


（おわり）

あとがき

二〇二四年は、内田康夫が北区で生まれて九十年の節目の年です。そして我らが吉田須美子は、北区に暮らして九年。日々、浅見家のお手伝いさんの仕事に追われ、まだまだ行ったことのない場所が多い須美子ですが、今回は生前内田が取材で訪れた、荒川知水資料館や赤水門にも行くことができ、またひとつ、北区民としての地位を確かなものにしました。

ちなみに巻末収録の「軽井沢のセンセ失踪事件」は、軽井沢のセンセこと内田康夫の生誕九十年に合わせて今回収録いたしました。浅見光彦倶楽部事務局（現・内田康夫財団事務局）の監修によるイベントでしたが、作中の軽井沢のセンセと違い、本物の内田康夫は失踪することなく、ファンの方々とのふれあいを楽しんでいました。

四百字詰め原稿用紙四十枚にも満たない物語から始まりました「須美ちゃんは名探偵!?」。浅見家のメンバーを中心とした短編集や軽井沢ミステリーツアーにまつわる長編、そしてシリーズ第四弾の今回は、はじまりの街・東京北区を舞台にした長編を書かせていただきました。内田康夫が生まれ、浅見光彦が住む北区。須美子はこれからも、大好きなこの街で、不思議な出来事に巻き込まれながら、暮らしていくと思います。
『奇譚の街 須美ちゃんは名探偵!?』をお読みいただきまして、ありがとうございました。

二〇二四年五月

内田康夫財団事務局

内田康夫著作リスト（☆＝浅見光彦シリーズ　△＝短編集）

1 死者の木霊《こだま》
2 本因坊殺人事件
3 ☆後鳥羽伝説殺人事件
4 「萩原朔太郎」の亡霊
5 ☆平家伝説殺人事件
6 遠野殺人事件
7 戸隠伝説殺人事件
8 シーラカンス殺人事件
9 ☆赤い雲伝説殺人事件
10 夏泊殺人岬
11 倉敷殺人事件
12 多摩湖畔殺人事件
13 ☆津和野殺人事件
14 △パソコン探偵の名推理
15 明日香の皇子《みこ》
16 ☆佐渡伝説殺人事件
17 「横山大観」殺人事件
18 ☆白鳥《しろとり》殺人事件
19 「信濃の国」殺人事件
20 ☆天城峠殺人事件
21 杜の都殺人事件
22 ☆小樽殺人事件
23 ☆高千穂伝説殺人事件
24 王将たちの謝肉祭
25 ☆「首の女《ひと》」殺人事件
26 △盲目のピアニスト
27 ☆漂泊の楽人
28 ☆△鏡の女
29 △軽井沢の霧の中で
30 ☆美濃路殺人事件

31　☆長崎殺人事件
32　十三の墓標
33　☆終幕《フィナーレ》のない殺人
34　北国街道殺人事件
35　☆竹人形殺人事件
36　☆軽井沢殺人事件
37　☆佐用姫伝説殺人事件
38　☆恐山殺人事件
39　☆日光殺人事件
40　☆天河伝説殺人事件
41　☆鞆の浦殺人事件
42　☆志摩半島殺人事件
43　☆津軽殺人事件
44　☆江田島殺人事件
45　追分殺人事件
46　☆隠岐伝説殺人事件
47　△少女像《ブロンズ》は泣かなかった

48　☆城崎殺人事件
49　湯布院殺人事件
50　☆隅田川殺人事件
51　☆横浜殺人事件
52　☆金沢殺人事件
53　☆讃岐路殺人事件
54　☆日蓮伝説殺人事件
55　☆琥珀の道《アンバー・ロード》殺人事件
56　☆菊池伝説殺人事件
57　釧路湿原殺人事件
58　☆神戸殺人事件
59　☆琵琶湖周航殺人歌
60　☆御堂筋殺人事件
61　☆歌枕殺人事件
62　☆伊香保殺人事件
63　☆平城山《ならやま》を越えた女
64　☆「紅藍《くれない》の女《ひと》」殺人事件

65 ☆耳なし芳一からの手紙
66 ☆三州吉良殺人事件
67 ☆上野谷中殺人事件
68 ☆鳥取雛送り殺人事件
69 ☆浅見光彦殺人事件
70 ☆博多殺人事件
71 ☆喪われた道
72 ☆鐘
73 ☆「紫の女《ひと》」殺人事件
74 ☆薔薇の殺人
75 ☆熊野古道殺人事件
76 ☆若狭殺人事件
77 ☆風葬の城
78 ☆朝日殺人事件
79 浅見光彦のミステリー紀行第1集
80 ☆透明な遺書
81 ☆坊っちゃん殺人事件
82 ☆「須磨明石」殺人事件
83 △死線上のアリア
84 ☆斎王の葬列
85 浅見光彦のミステリー紀行第2集
86 ☆鬼首殺人事件
87 浅見光彦のミステリー紀行第3集
88 ☆箱庭
89 ☆怪談の道
90 ☆歌わない笛
91 ☆幸福の手紙
92 浅見光彦のミステリー紀行第4集
93 ☆沃野の伝説
94 ☆札幌殺人事件
95 浅見光彦のミステリー紀行番外編1
96 ☆軽井沢通信　浅見光彦からの手紙
97 ☆イーハトーブの幽霊
98 浅見光彦のミステリー紀行第5集

99 ☆記憶の中の殺人
100 ☆華の下にて
101 ☆蜃気楼
102 ☆姫島殺人事件
103 浅見光彦のミステリー紀行番外編2
104 ☆崇徳伝説殺人事件
105 我流ミステリーの美学
内田康夫自作解説第1集
106 ☆皇女の霊柩
107 ☆遺骨
108 存在証明
109 ☆鄙の記憶
110 全面自供
浅見光彦と内田康夫いいたい放題
111 浅見光彦のミステリー紀行第6集
112 ☆藍色回廊殺人事件
113 ☆はちまん
114 ふりむけば飛鳥
浅見光彦世界一周船の旅
115 ☆黄金の石橋
116 ☆氷雪の殺人
117 浅見光彦のミステリー紀行第7集
118 ☆ユタが愛した探偵
119 名探偵浅見光彦の食いしん坊紀行
120 ☆秋田殺人事件
121 ☆貴賓室の怪人「飛鳥」編
122 ☆不知火海
123 名探偵浅見光彦の
ニッポン不思議《ミステリアス》紀行
124 ☆鯨の哭く海
125 ☆箸墓幻想
126 浅見光彦のミステリー紀行第8集
127 歌枕かるいざわ　軽井沢百首百景
128 ☆中央構造帯

162 浅見光彦の日本不思議舞台地《ニッポンミステリースポット》の旅　※早坂真紀・共著
163 ☆孤道《こどう》〔未完〕
164 愛と別れ　夫婦短歌（歌集）
165 △南紀殺人事件
166 ☆△名探偵・浅見光彦全短編

その他の内田康夫財団企画・公認作品リスト

【内田康夫財団企画】
『須美ちゃんは名探偵!?　浅見光彦シリーズ番外』内田康夫財団事務局
『浅見家四重想　須美ちゃんは名探偵!?　浅見光彦シリーズ番外』内田康夫財団事務局
『軽井沢迷宮　須美ちゃんは名探偵!?　浅見光彦シリーズ番外』内田康夫財団事務局
【内田康夫財団公認】
『孤道　完結編　金色の眠り』和久井清水
『ミダスの河　名探偵・浅見光彦 vs.天才・天地龍之介』柄刀 一
『流星のソード　名探偵・浅見光彦 vs.天才・天地龍之介』柄刀 一
『平家谷殺人事件　浅見光彦シリーズ番外』和久井清水
『不知森の殺人　浅見光彦シリーズ番外』和久井清水（二〇二四年六月刊行予定）

取材協力　東京都北区

この作品はフィクションであり、文中に登場する人物、団体名は、実在するものとまったく関係ありません。また、作中に描かれた出来事や風景、建造物などは、実際とは異なっている場合があります。

光文社文庫

文庫書下ろし

奇譚《きたん》の街《まち》 須美《すみ》ちゃんは名探偵《めいたんてい》!? 浅見光彦《あさみみつひこ》シリーズ番外《ばんがい》

著　者　内田康夫《うちだやすお》財団事務局《ざいだんじむきょく》

2024年5月20日　初版1刷発行

発行者　三　宅　貴　久
印　刷　新　藤　慶　昌　堂
製　本　ナショナル製本

発行所　株式会社　光　文　社
〒112-8011　東京都文京区音羽1-16-6
電話（03）5395-8147　編　集　部
8116　書籍販売部
8125　制　作　部

ISBN978-4-334-10310-1　Printed in Japan

組版　萩原印刷